Kenji Miyazawa's Buddhist Thought

Faith, Ideals, Family

宮沢賢治の仏教思想

信仰・理想・家族

牧野 静

法藏館

宮沢賢治の仏教思想——信仰・理想・家族＊目次

宮沢賢治の仏教思想——信仰・理想・家族

凡　例

・本文中に引用した宮沢賢治のテキストは、『【新】校本宮澤賢治全集』全一九巻（筑摩書房、一九九六～二〇〇九年）に拠る。作品は基本的に「本文篇」から引用し、「校異篇」から引用する場合は都度記す。また［巻数・頁数］の順に記す。一般的には用いられないと思われる表記も、賢治の表記にしたがってそのまま記載する。
・年代表記は基本的に西暦のみを記す。
・人物の生没年は西暦のみで記す。
・引用に際し、旧字は新字にあらためた。
・〔 〕は筆者による註記である。
・引用文中の難読漢字には必要に応じてルビを振った。
・現代的な観点から不適切であると思われる表現について、賢治自身の用法に照らし、当時の呼称に従ったものがある。

序章　研究の射程と方法

わたくしといふ現象は
仮定された有機交流電燈の
ひとつの青い照明です

――『春と修羅　第一集』序［二・七〜一〇］

第一節　宮沢賢治という現象

宮沢賢治（一八九六〜一九三三）。少しでも賢治に興味を持ったことがある者にとっては周知のことだが、生前はほぼ無名であり、没後幅広い支持を得て、現代に至るまで読み継がれている作家である。広く知られている作品に、『春と修羅　第一集』（一九二四年）や「雨ニモマケズ」（生前未発表）、『注文の多い料理店』（一九二四年）、『銀河鉄道の夜』（生前未発表）などがある。

賢治の描いた物語は、舞台化、映画化、漫画化、絵本化[1]、アニメ化、ゲーム化など、複数のメディア展開を遂げながら読み継がれている。賢治のテキストにインスパイアされたことを明言している楽曲も、交響曲、ロック、ポップス、ヒップホップなど、幅広いジャンルに存在する。小説、ライトノベルなどの文芸作品にも、賢治を意識したものは多い。アマチュア創作者が多く活動するPixiv[2]やニコニコ動画[3]のような場においても、賢治から何らかの影響を受けているものは数多く投稿されている[4]。モチーフのレベルまで観測を広げるなら、賢治に影響を受けている創作物はあまりにも厖大である。

一つ例を挙げる。米津玄師（一九九一〜）というシンガーソングライターがいる。若者を中心に絶大な人気を誇り、YouTubeにアップロードされた彼の楽曲は、多いものは数億回再生されている。すでに日本を代表するアーティストとしての地位を確立しており、二〇二〇年八月に発売された彼のアルバム『STRAY SHEEP』は「WORLD MUSIC AWARDS」のCDアルバムセールス部門にて全世界で首位を記録するほどの売れ行きをみせた。このアルバムの最後には、「カムパネルラ」という曲が収録されている。ほんの少し調べればわかることだが、あるいは調べるまでもなく気づく人も多いだろうが、この「カムパネルラ」は、賢治の『銀河鉄道の夜』の登場人物である。

この米津玄師のように、賢治の影響を受けた創作は、今もなお行われている。賢治は、非常に多岐にわたるコンテンツにおいて受容され続け、人気を誇り続けている。その点において、日本近代文学史上、他に類例をみない(5)。

賢治の受容史の特徴に、賢治自身の生涯もまた、物語化され、語り継がれているということがある。近年では、二〇一七年に出版された『宮沢賢治の食卓』(6)という漫画作品を原案に、賢治の青年期がドラマ化された(7)。これ以前にも(8)、これ以降にも(9)、賢治の生涯はたびたび作品化されている。二〇一六年の賢治生誕一二〇年を過ぎてなお、その生涯は、人々の強い関心の対象であり続けている(10)。

賢治の生涯は、常に献身に溢れるものとして描き出される。その対象は主に、花巻農学校教師時代の教え子や、教師の職を辞して向き合おうとした農民たちである。この献身的な賢治像は、二〇一一年の東日本大震災発生後にも大きな注目を集めた。東北の生まれであり、農村という過酷な環境のために尽くそうとした賢治の姿が、被災者に寄り添い励ましうるものとして、繰り返しメディアで取り上げられたのである。賢治の受容史は、その聖人化、神話化と切り離せないものであるという指摘も、すでになされている(11)。

では、賢治が〝聖人〟と言われる所以はどういったところだったのだろうか。本論に入る前に、印象的な二つのエピソードを紹介したい。

『イギリス海岸』〔一〇・四七～五九〕という作品がある。「（一九二三、八、九、）」の日付が付されており、農学校教師時代の賢治が、教え子を連れて川遊びに出かけたことを記録したと思われる作品である。

賢治はこの作品の中で、水難事故に備える救助係の男に対し、最初はやや軽蔑のまなざしを向けている。高校生くらいの賢治の生徒たちにとって、あまり危険がないと判断しているためである。しかし、救助係と談笑するうちに、その有り難みを悟り、軽蔑を感じたことを強く恥じる。その後、以下のように綴っていく。

> 実は私はその日までもし溺れる生徒ができたら、こっちはとても助けることもできないし、たゞ飛び込んで行って一緒に溺れてやらう、死ぬことの向ふ側まで一諸《ママ》について行ってやらうと思ってゐただけでした。全く私たちにはそのイギリス海岸の夏の一刻がそんなにまで楽しかったのです。

賢治は確かに、生徒とともに死ぬことを覚悟したという点で、ある種の聖人なのかもしれない。しかし賢治は、そもそも水難事故を未然に防ごうという発想を持たない。自分には生徒を救助する力がないと、早々に諦めてもいる。そして、ただ「死ぬことの向ふ側まで一諸《ママ》について行ってやらうと思ってゐた」と述べるのである。

教師として生徒のことを思うなら、「死ぬことの向ふ側」までついて行こうとするよりも、死なないための安全策を講じたり、救助の方法を模索することの方が、まずもって肝要だったのではないだろうか。しかし、賢治の視点は生きて横にいる相手を飛び越え、すぐに他界へと向かっていく。

ここに挙げた『イギリス海岸』のように、賢治の実人生には、常識的な配慮を逸脱し、やや奇矯なやり方で、激しい思い入れを迸《ほとばし》らせている瞬間がある。

次に引用するのは、賢治が体調を崩し、自らの死を予感しながら両親に宛てた、一九三一年九月二一日付の未投函の遺書を思わせる書簡である。

> この一生の間どこのどんな子供も受けないやうな厚いご恩をいたゞきながら、いつも我慢《（ママ）》でお心に背きたうたうこんなことになりました。今生で万分一もついにお返しできませんでしたご恩はきっと次の生又その次の生でご奉じいたしたいとそれのみを念願いたします。どうかご信仰といふのではなくてもお題目で私をお呼び出し下さい。そのお題目で絶えずおわび申し上げお答へいたします。
> ［一五・三八五］

賢治は両親から恩を受けたと綴る。しかし、感謝を述べる代わりに、来生以降で恩返しをしようと念じている。そして、死後の賢治を「お題目」で呼び出せば、「絶えずおわび申し上げ」るのだと言う。

賢治はこの書簡において、恩返しと謝罪にこだわりつつも、自身の主張を曲げない。ここで賢治は「お題目」を要求しているが、これは賢治が自認する法華信仰によるものである。ところが、賢治の両親は真宗大谷派の門徒である。のちに扱うが、特に父・宮沢政次郎（一八七四～一九五七）は、高名な真宗の僧侶を岩手に招くほどの篤信者であった。そのような真宗の篤信者に、賢治は「念仏」ではなく「お題目」を要求する。両親の心に背いたと言いつつ、賢治は自身の信仰を曲げない。端的に言って、親子間の価値観にねじれと断絶が生じていたことをうかがわせる文面である。

ここに挙げた二例からわかるように、賢治の思考には、大きな特徴がある。賢治はいつも身近な他者とのかかわりをきっかけに、思索を始める。しかし、賢治の視点はすぐに他界へと飛び、そしてそこへの非常に強いこだわりを示す。結果として、身近な相手や、相手の実際の望みには、最初からあまり興味がないか、それを叶える気がないのである。

『イギリス海岸』での賢治は、教え子が溺れないための工夫をしない。教え子が「死ぬことの向ふ側」についてきて欲しがるかどうかを、疑問に思うこともない。

未投函の書簡においても、両親に対する賢治の態度は、最後まで我を通そうとするものである。「どこのどんな子供も受けないやうな」仕方で我が子を慈しんだ親が、死んだ我が子に会いたいと願うとしたら、それは決して子に「絶えずおわび」させるためではないだろう。しかし賢治は、「おわび」するると言ってのけるのである。

賢治は、常に他者のことを考えている。向き合おうとする相手に対し、自分にできることがあれば、たとえ命を擲《なげう》つことであっても、それをしようとさえ思う。しかし、賢治自身が信じるものをゆずる気は、一切ない。賢治は、いつもすかさず他界へと飛んでしまう視点のように、誰とでも共有できるわけではない前提に立っている。このような思考回路を通った激しい思い入れが、生きた人々とのかかわりの中で実際に実を結ぶことは、非常に困難だったと推測できる。

賢治の視点は、生きている相手、今そばにいる相手、向き合おうとする相手がありつつも、常に相手を飛び越え、他界、来生に向けられていく。そうして、それが正しく実らないにしろ、賢治の思いは激しく、いつも強く祈る。今生で叶わなければ「死ぬことの向ふ側」で、さらには来生で、賢治は自身の思いが実ることを祈る。

賢治の描く物語には、「死ぬことの向ふ側」に至ろうとする瞬間に、誰かの、何かのためになりたいと強く願うことが、この上なく美しく実を結ぶ様子が描き出されることがある。

たとえば、『銀河鉄道の夜』［一一・一二三～一七一］に「蝎《さそり》の火」という挿話がある。「ルビーよりも赤くすきとほりリチウムよりもうつくしく酔ったやうになってその火は燃えてゐる」星の成り立ちについて語るものである。

バルドラの野原に、小さな虫を食べて生きている蝎がいた。蝎はある日「いたち」に食べられそうになり、逃げて井戸へ落ちてしまう。溺れゆく蝎の独白を、以下に引用する。

あゝ、わたしはいままでいくつのものの命をとったかわからない、そしてその私がこんどいたちにとられやうとしたときはあんなに一生けん命にげた。それでもたうたうこんなになってしまった。あゝなんにもあてにならない。どうしてわたしはわたしのからだをだまっていたちに呉れてやらなかったらう。そしたらいたちも一日生きのびたらうに。どうか神さま。私の心をごらん下さい。こんなにむなしく命をすてずどうかこの次にはまことのみんなの幸のために私のからだをおつかひ下さい。

蝎の祈りは聞き届けられる。蝎は、自身が「まっ赤なうつくしい火になって燃えてよるのやみを照らしてゐる」ことに気づくのである。

溺れゆくことと、誰かのためになりたい望みを重ねてあらわすのは、『イギリス海岸』をどこか連想させるものである。また、必死で生きようとした蝎が、死の間際に「たうたうこんなになってしまった」と考えるのは、かつて賢治が自身の死を覚悟し、両親に宛てて「たうたうこんなことになりました」と綴った姿を彷彿とさせる。賢治の生の過程で一つひとつのエピソードが持っていた意味は、その創作に織り込まれ、昇華され、読者の前に提示される。

実際の人々とのかかわりの中では実ることの難しかった賢治の祈りは、創作に託されることによって、輝きを帯び始める。賢治のやや奇矯な、やや異様な、激しいこだわりと他者への思い入れは、その創作上においてのみ、実を結んでいく。

祈り、呼びかけ、教え、問いかけるように、賢治は創作を展開していく。賢治の祈りは、時を経て、数多の受け手を得て、一つの大きな現象となり、読み継がれていくのである。

第二節　受容史とその問題点

先の節で扱ったように、賢治の受容史は、賢治という人物の実態からやや乖離した聖人化、神話化されたイメージと切り離せないものである。

生前はほぼ無名であった賢治が国民的作家として人気を博するに至るまでには、賢治の作品を世に問おうと尽力した人々の存在があった。特に、すでに文壇で名を成していた人々[12]や、知識人たち[13]に高く評価されたことによって、賢治の名が広まったと考えられている[14]。

ともすれば、賢治は東北の地に突如として現れた孤高の才能であるかのように語られる。しかし、賢治の思想形成にかかわったものは、必ず存在する。孤独な天才がひとり天啓を受けたのではない。賢治も実人生において生きた人間とかかわり、実際の出来事から影響を受けながら、それと同時に、同時代の思想潮流とも接点を持ちつつその思想を形成していったと考えるべきであろう。本書で描き出したいのは、〝聖人としての宮沢賢治〟ではなく、やや異様なこだわりをみせ、悩み続け、思索し、行動する〝人間・宮沢賢治〟である。そして、賢治の思索の軌跡を追うために、賢治が接点を持った同時代の思想潮流に注目すること、具体的には近年大きく進展を遂げている近代仏教研究の成果を積極的に活用していく点に、本書の大きな特徴がある。

すでに定説となっているのは、賢治が法華信仰者であることを自認していたことと、「法華文学ノ創作」［一三（上）・五六三］というメモを賢治が残していることなどから、法華信仰が創作の動機と密接な関係にあったということである。ただし、その信仰の軌跡と内実とを追うことには、いくらか困難が伴う。

この点を考えるにあたって、大きく二つの点が注目される。一つは、賢治の生家である宮沢家が、真宗大谷派の篤信門徒であったとされる点である。そしてもう一つは、賢治が青年期に『法華経』と出会い、震えるような感動をしたのち宮沢家の信仰（浄土真宗）を離れ、田中智学（一八六一～一九三九）が主宰する新興の法華団体・国柱会へと改宗している点である。この二点は伝記的事実として、

『【新】校本宮澤賢治全集』全一九巻（筑摩書房、一九九六～二〇〇九年）の年譜にも記されている。しかし、こういった軌跡を辿った賢治の信仰について、先行研究における見解は分かれている。

まず、そもそも賢治の創作に宗教的要素はかかわらないとする立場が、文学研究者の一部に根強い[15]。一方、賢治の創作に仏教の信仰があったという前提に立つ場合でも、論者によって強調する点は大きく異なっている。たとえばまず、生家の浄土真宗の信仰が賢治の生涯を貫いているという立場[16]があり、また賢治が自認する法華信仰に注目する場合も、賢治が『法華経』と出会ったことそのものを強調する立場[17]、賢治の信仰は日蓮からの影響が大きいとする立場[18]、智学の教義に強く影響を受けたとする立場[19]など、複数の立場がある。

これらに加えて、賢治が一時期は智学に傾倒したが、晩年は距離を置いていたとする立場[20]や、賢治の信仰は真宗と日蓮への信仰との複合的なものであるとする立場[21]もある。さらに、仏教以外の要素へ着目し、賢治にはシャーマンの素質があったとする立場[22]や、賢治の創作上にキリスト教的なモチーフが登場する場合に注目する立場[23]の先行研究も存在する。さまざまな主義主張に照らされ、賢治は求められるのである[24]。

賢治のテキストは、『銀河鉄道の夜』において主人公のジョバンニが、「どこまでもどこまでも僕たち一諸《ママ》に進んで行かう」［一一・一六七］と友人のカムパネルラに呼びかける場面などを引き合いに出しつつ、どこか読み手に寄り添ってくれるものとして読まれる傾向がある[25]。

賢治を論じようとするときには、論者自身もまた、賢治が寄り添ってくれることを過度に期待していないかどうかを、常に自問すべきだろう。賢治と向き合う作業は、賢治の実像に迫ろうとするより、むしろ、論じようとする自分自身が何に価値を見出そうとしているのかが、問い返され、照らし出されるものだとも言える。

第三節　研究の意義と考察の手順

本書では基本的に、賢治の創作と信仰は密接な関係にあり、その信仰は仏教のものであったという立場を取る。なぜなら、賢治が法華信仰を自認していたことに加えて、創作と信仰とを結びつけていたであろう証左が、賢治自身のテキストから明確に読みとれるためである。

その信仰の実態に迫るため、本書では大きく二つの検証作業を行う。一つは、賢治の生家である宮沢家の面々の信仰を、あらためて検討すること。もう一つは、賢治自身が影響を受けていたと思われるテキストと、賢治自身のテキストとの比較作業である。それらの検証を経て、いまいちど賢治の創作に立ち返り、その解釈を行う。

宮沢家が浄土真宗の篤信門徒であったことは、伝記的事実として幾度もなぞられている。しかし、その実態に踏み込んだ研究は、賢治の受容史上の問題もあり限られている。そこで本書では、宮沢家の面々の信仰に注目し、彼らの信仰を検証した上で、賢治が彼らをどう捉えたのかを考察していく。

宮沢家の中でも特に重要なのが、賢治の父・政次郎と、賢治の妹・トシ（一八九八～一九二二）である。政次郎と賢治の間には激しい確執があり、賢治は家出を伴うような仕方で改宗へと至っている。政次郎の信仰の姿を追うことは、賢治が何に対して反発し、改宗へと至ったのかを明らかにするため、避けては通れない。また、賢治は自身のことを、トシに対する「信仰をひとつにするたったひとりの道づれ」と表現している。それゆえ、トシの信仰を追うことは、賢治の信仰を探る際に、不可欠なものとなる。

　政次郎は、清沢満之《きよざわまんし》（一八六三～一九〇三）・暁烏敏《あけがらすはや》（一八七七～一九五四）・近角常観《ちかずみじょうかん》（一八七〇～一九四一）など、当時の革新的な大谷派僧侶たちと交流を持ち、岩手に招き、積極的に教えを乞うていた。またトシは、日本女子大学校在学中に、近角の営む求道会館に通い、直接教えを受けたことがある。この近角は、彼を主題とした研究書が二〇一四年に立て続けに出版されるまで[26]、あまり注目を集めてこなかった。しかし実際に活動していた時期には、〝仏教界の内村鑑三〟と呼ばれるほどの影響力を誇っていたことが、先述の研究で明らかにされた。この近角に関する研究をはじめ、日本の近代仏教に関する研究は、近年目覚ましい進展を遂げている[27]。宮沢家の信仰の姿を追うには、それらの最新の近代仏教研究の成果を参照し、反映していく必要がある。

　賢治の信仰についても同様である。少なくとも一時期、賢治は家出して上京し、鶯谷の国柱会館で働こうとするほど、田中智学の熱烈な信奉者であった。そして、この智学に関する研究もまた、近年大きな進展をみせている[28]。

　この智学は、「日本による世界統一」というビジョンを示した国粋主義者として批判を受けてきた[29]。そして賢治にその影響を見出したくないという思いのためか、賢治研究において、智学、そして日蓮主義からの影響については避けられがちな傾向がある。

　ただし、近年は西山茂、大谷栄一、松岡幹夫、末木文美士、ユリア・ブレニナらによって研究が進み、日蓮主義に対する否定的な見解が相対化され、日蓮主義とはなんだったのかという問い直しが行われてきた[30]。本書では、智学や日蓮主義に対する見直しが進んだ今、賢治が智学から受けた影響についても、あらためて検討する必要があると考える。

無論、ここまでに紹介した要素だけが、宮沢家と賢治を取り巻いているわけでもない。賢治の信仰については、賢治が宗教的天才であったという物語を離れ、検証を行う必要がある。宮沢家の面々の信仰を扱い、それと賢治の信仰とを対比することで、宮沢賢治研究における新たな分析視角を用いると同時に、賢治を思想研究の対象として扱う意義を打ち出すことが、本書のねらいである。

なお、本論の最後には補章として「恋する賢治――受容史の中の宮沢賢治」と題した章を設けた。これは時代によって異なる賢治像を、恋愛というトピックから分析したものである。賢治がさまざまな主義主張に照らされて求められることについては先に言及したが、それはこの恋愛というトピックに対してもあてはまる。ある人物の人物像というものは他者との関係性において浮かび上がるが、賢治の場合はむしろ人々の願望によって誰とどのようにかかわろうとしたか、あるいはしなかったかが描き出されていくのである。

第一節で紹介したように、賢治はいつも身近な他者をきっかけに思索を始め、深めていく。その端緒はやはり、最も身近な他者であった賢治の家族であっただろう。賢治が家族の存在を踏まえ、智学から影響を受けつつ行った創作についてテキスト分析を行うのが、本書のもう一つの作業である。

賢治の妙なこだわりの強さ、思考の癖、外さないと決めた枠を絶対に外さないまま、やや異様な態度で繰り返していく創作が、やがて人々の心を打つものとして結実していく過程には、賢治が家族と向き合おうとしたことと、賢治自身の仏教の信仰が、大きく影響しているというのが、本書で示そうとする筋書きである。

註

（1）宮沢賢治の詩や童話がどのように絵本に形象されてきたかのまとまった論文集として、中川素子・大島丈志編『絵本で読み解く宮沢賢治』（水声社、二〇一三年）がある。

（2）ピクシブ株式会社が運営する、イラストや漫画を中心にしたソーシャル・ネットワーキング・サービス。自分の作品（創作・二次創作の両方）を投稿したり、他のユーザーの作品をブックマークすることができる。

（3）株式会社ドワンゴが提供している動画配信サービス。事業の拡大につれ、ニコニコ生放送やニコニコ静画など、「ニコニコ」の名を冠した多くの派生サービスが展開されている。

（4）森本智子「「宮澤賢治」の受容（1）サブカルチャーの〈宮沢賢治〉」（『賢治研究』第一二六号、二〇一五年）、三四～三七頁。

（5）賢治の受容史の初期を扱った研究に、村山龍『〈宮澤賢治〉という現象――戦時へ向かう一九三〇年代の文学運動』（花鳥社、二〇一九年）がある。また国語教育史として、構大樹『宮沢賢治はなぜ教科書に掲載され続けるのか』（大修館書店、二〇一九年）がある。

（6）魚乃目三太『宮沢賢治の食卓』（少年画報社、二〇一七年）。

（7）ＷＯＷＯＷにて、『連続ドラマＷ　宮沢賢治の食卓』のタイトルで、全五回にわたって放映された。

（8）賢治の生誕一〇〇年を記念して、『わが心の銀河鉄道　宮沢賢治物語』（東映配給、一九九六年）や、『宮沢賢治　その愛』（松竹配給、一九九六年）の二本の映画が製作されている。

（9）ＮＨＫ教育テレビジョンにて、『ＥＴＶ特集「映像詩　宮沢賢治　銀河への旅――慟哭の愛と祈り」』（二〇一九年二月九日）が放映された。これは賢治が盛岡高等農林学校時代の友人である保阪嘉内（一八九六～一九三七）に恋心を抱いて葛藤していたという前提で構成された番組である。

(10) 註(8)で挙げた『わが心の銀河鉄道　宮沢賢治物語』や『宮沢賢治　その愛』において、賢治の改宗は丁寧に描写されている。それに対し、註(6)で挙げた『宮沢賢治の食卓』および註(7)で挙げた『連続ドラマW　宮沢賢治の食卓』においては、作中に仏教の要素が一切登場せず、したがって改宗問題も扱われない。生誕一〇〇年から現在に至るまでに、賢治を表象する際に仏教の要素に言及しなくなるという変化が起きていることについては、受容史の観点からさらなる検証の必要がある。

(11) 聖人化された賢治像への批判の嚆矢として、吉田司『宮沢賢治殺人事件』(太田出版、一九九七年)がある。また、『批評空間』二期一四号「共同討議　宮沢賢治をめぐって」(太田出版、一九九七年)において、関井光男、村井紀、吉田司、柄谷行人による座談会が行われ、聖人化された賢治像への批判が繰り広げられたことが、研究史上一つの大きな転機となっている。そのほか、賢治のテキストが国語の教材として採用されていく歴史的経緯を扱った実証的な研究として、米村みゆき『宮沢賢治を創った男たち』(青弓社、二〇〇三年)が挙げられる。

(12) 賢治が没した翌年に出版された『宮沢賢治全集』(文圃堂書店、一九三四年)の編集には、賢治の弟である宮沢清六(一九〇四〜二〇〇一)、賢治の友人である藤原嘉藤治(一八九六〜一九七七)のほか、草野心平(一九〇三〜八八)、高村光太郎(一八八三〜一九五六)、横光利一(一八九八〜一九四七)が携わっている。

(13) 谷川徹三(一八九五〜一九八九)、吉本隆明(一九二四〜二〇一二)、梅原猛(一九二五〜二〇一九)など、哲学者、思想家からも宮沢賢治は非常に高く評価された(前掲註(11)吉田『宮沢賢治殺人事件』参照)。

(14) 二〇〇〇年までの賢治の受容史を扱うものとして、山下聖美「宮沢賢治研究史——日本における宮沢賢治の受容に関する考察」(日本大学博士学位論文、二〇〇一年)がある。

(15) 正木晃「宮澤賢治の仏教思想と復興の教化学」(『現代宗教研究』第四六号、二〇一二年)、一一八頁。

(16) 太田清史『仏教教育学序説』(同朋舎出版、一九九三年)など。

(17) 紀野一義『賢治の神秘』(佼成出版社、一九八五年)など。

(18) 渡邊寶陽『宮澤賢治と法華経宇宙』(大法輪閣、二〇一六年)など。

(19) 上田哲『改訂版　宮沢賢治——その理想世界への道程』(明治書院、一九八八年)。

(20) 吉本隆明『宮沢賢治の世界』(筑摩選書、二〇一二年)など。

(21)　松岡幹夫『宮沢賢治と法華経——親鸞と日蓮の狭間で』（昌平黌出版会、二〇一五年）。
(22)　鎌田東二『宮沢賢治「銀河鉄道の夜」精読』（岩波書店、二〇〇一年）。
(23)　妹・トシが在籍していた日本女子大学校の校長であり、自由主義キリスト者であった成瀬仁蔵（一八五八〜一九一九）の影響を賢治が受けていたとするもの（山根知子『宮沢賢治　妹トシの拓いた道——「銀河鉄道の夜」へむかって』〈朝文社、二〇〇三年〉）や、賢治が交流を持った人々に注目したもの（雑賀信行『宮沢賢治とクリスチャン　花巻篇』〈雑賀編集工房、二〇一五年〉）がある。
(24)　宮沢賢治はしばしば政治的な主張を行う際にも引用される。たとえば、絓秀実『反原発の思想史——冷戦からフクシマへ』（筑摩書房、二〇一二年）は、反原発運動に携わる人々が好んで宮沢賢治を持ち出す場合に言及している。
(25)　前掲註(4)森本「「宮澤賢治」の受容（1）サブカルチャーの〈宮沢賢治〉」参照。
(26)　文部科学省科学研究費補助金基盤研究（B）『「青年知識人の自己形成と宗教——近角常観とその時代」研究成果報告書』、代表者：岩田文昭、研究分担者：碧海寿広・岩田真美・吉永進一・谷川穣、研究協力者：クリストファ・ハーディ、二〇一二年度〜二〇一五年度を端緒とする。その成果として、碧海寿広『近代仏教のなかの真宗——近角常観と求道者たち』（法藏館、二〇一四年）、岩田文昭『近代仏教と青年——近角常観とその時代』（岩波書店、二〇一四年）の二冊が上梓されている。
(27)　近代仏教研究の目覚ましい進展については、大谷栄一・吉永進一・近藤俊太郎編『増補改訂　近代仏教スタディーズ——仏教からみたもうひとつの近代』（法藏館、二〇二三年）など。
(28)　大谷栄一『近代日本の日蓮主義運動』（法藏館、二〇〇一年）、ユリア・ブレニナ「近代日本における日蓮仏教の宗教思想的再解釈——田中智学と本多日生の「日蓮主義」を中心として」（大阪大学博士学位論文、二〇一三年）など。
(29)　ユリア・ブレニナ「日蓮主義と日本主義——田中智学における「日本による世界統一」というビジョンをめぐって」（石井公成監修／近藤俊太郎・名和達宣編『近代の仏教思想と日本主義』〈法藏館、二〇二〇年〉、二一七〜二五一頁。

（30）　前掲註（28）大谷『近代日本の日蓮主義運動』、同『日蓮主義とはなんだったのか――近代日本の思想水脈』（講談社、二〇一九年）、松岡幹夫『日蓮仏教の社会思想的展開――近代日本の宗教的イデオロギー』（東京大学出版会、二〇〇五年）、西山茂『近現代日本の法華運動』（春秋社、二〇一六年）、末木文美士『思想としての近代仏教』（中公選書、二〇一七年）。

第一章　宮沢賢治の改宗と父・政次郎

「なまねこ、なまねこ、なまねこ、なまねこ」

――『蜘蛛となめくぢと狸』〔八・五～一八〕

序

宮沢賢治と父・政次郎の間には、信仰をめぐって確執があったとされる。青年期の賢治に訪れた人生の転機として、また親子の相克の物語として、賢治が生家の信仰である真宗大谷派から田中智学の国柱会へと改宗したことは、よく知られたエピソードである。だがよく知られている一方で、この改宗の理由は、賢治研究において扱いの難しい問題として残されている[1]。

序章で紹介したように、賢治は受け手に寄り添いうるものとして、聖人化・神話化されながら描かれてきた。この賢治像を前提とするならば、父・政次郎には相対的に悪役が割り振られてしまう。賢治の人生を少し紐解けば、賢治と政次郎の間には信仰の問題以外にも進路と職業をめぐる対立があったことがわかる。進学を希望する賢治と、質屋を継がせようとする政次郎。質屋に通ってくる近隣の貧しい人々の姿に心を痛める賢治と、質屋を営むことで利益を出している政次郎。賢治に肩入れしながらその生涯を追っていくと、政次郎に割り振られる役割は自ずと悪役に定まるだろう。

また、賢治の信仰の在りように迫ろうとする作業は、常に論者自身の信仰や政治信条と無関係ではいられないものである。たとえば、仮にこの改宗の理由を、賢治が真宗の教えより国柱会の教えを優位に捉えたためだと説明することが可能ならば、とてもわかりやすいものとなる。しかし、この解釈の成否を論じることは、論者自身の信仰や政治信条と、それに付随する恣意を離れては不可能なのである（特に、賢治研究では田中智学への言及は避けられがちであり[2]、こういった傾向も論者の恣意によるものではないだろうか）。

さらに、賢治自身は教学者ではないため、論考というかたちで書き残したものも存在しない。そのため、その信仰や思想を探るための資料となるテキストが限られており、こういった点も、この問題の扱い難さに拍車をかけているのではないか。

そのような問題を踏まえた上で本章では、賢治の『蜘蛛となめくぢと狸』という作品を対象に、智学のテキストとの比較を行う。この作業を通じて、賢治の創作上の表現が、智学による真宗批判の枠組みを追うかたちを取っていたことを確認し、同時に賢治と父・政次郎の関係も検証していくことで、賢治が国柱会へと改宗した要因の一端に迫っていきたい。管見の限り、本章のような作業を通じて賢治の真宗観や改宗を分析した研究は見当たらないため、この作業はオリジナルなものと言える。

本論に入る前に、本章で主に扱う『蜘蛛となめくぢと狸』という作品について、まずは簡単に触れておこう。

賢治は童話の創作を始めた最初期である一九一九年頃に、この『蜘蛛となめくぢと狸』という童話を執筆している。同作品には僧形の狸が登場し、「念猫」という念仏によく似たものを布教している。最初に飢えで苦しむ兎に、そして次に肉食を行う狼に「念猫」として「なまねこ、なまねこ、なまねこ、なまねこ」と唱えさせ、「みんな山猫さまのおぼしめしどほり」であると言い聞かせることで大人しくさせ、抵抗を封じたところをむしゃむしゃと捕食してしまう。真宗僧侶のカリカチュアとして登場する狸は、欺瞞に満ちた搾取的なものとして造形されている[3]。結局この狸は、物語の最後に報いを受けるかのように病気となって死んでしまう。

同作品における狸の造形からは、真宗に対する賢治の強烈な批判意識を読み取ることができる。さらに、その執筆時期は改宗直前にあたっており、賢治がこの時期に、真宗批判を当時展開していた田中智学への傾倒を深めつつあったという点についても注目されるべきであろう。

また、これら信仰面以外でも、賢治は質屋という宮沢家の家業に反感を抱いていたことがすでに定説となっている(4)。

よって本章では、こういった賢治を取り巻く環境にも留意しながら、彼の改宗とその要因について、その一端に迫っていきたい。

第一節　田中智学の真宗批判とその影響

まず本節では、賢治の初の童話である『蜘蛛となめくぢと狸』に登場する狸の姿と、田中智学の真宗批判の言説とを比較し、賢治の真宗批判が智学の言説を援用しつつ、同時に生家の家業を批判しようとしたものであったことを確認したい。

先述したように、同作品は賢治の改宗直前かつ、智学との邂逅から間もない一九一九年頃に書かれた童話である。蜘蛛となめくじと狸、それぞれを主人公にした三つのパートで構成され、彼らはそれぞれ他の生き物を騙すなどして捕食するが、そののち報いを受けたかのようなかたちで死を迎えるという、ブラックユーモア溢れる作品である。

狸と兎の場合

この中でも特に、真宗の僧侶のカリカチュアであると指摘されている狸の描かれ方は、本章の「序」で紹介したとおりである。以下、狸による捕食の場面を、もう少し詳しく追っていき、その描写と智学の言説を比較してみよう。

兎がひもじさを訴え、「もう死ぬだけでございます」と述べたとき狸は、「さうぢゃ。みんな往生ぢゃ。山猫大明神さまのおぼしめしどほりぢゃ。な、なまねこ。なまねこ」と返答する。これは、現世を苦しみの多いものであると捉え、浄土への往生を願う厭離穢土欣求浄土《おんりえどごんぐじょうど》の態度、すなわち真宗を揶揄した描写であると解釈できる。娑婆即寂光土《しゃばそくじゃっこうど》の考えに基づき、社会的実践の志向を強く打ち出していた智学(5)にとって、こうした真宗の他界志向は以下のように激しい批判を加える対象となっている。

〔前略〕若し彼の説を正直に進めたならば、善導(6)のやうに自殺をするべきもので、本山に自殺局を置いて、自殺法研究学校でも作るが至当であるのだ、この世が穢土だから往生する、それには念仏為本だといひながら、王法為本などゝいうて世を偽ツて居るのは、これ沐猴冠(7)の類で、狸に法衣着せたやうなものである、〔後略〕(8)

ここで智学が批判しているのは、王法為本説への言及から真宗のことだと推測できる。智学は、真宗が浄土を志向しながらそれと同時に為政者の法や世間の慣習との折り合いをつけるために王法為本説も唱えることに、激烈な批判を行っている。また、「狸に法衣」という喩えも注目される。賢治が創作上に登場させるのも、まさに法衣をまとった狸である。賢治がここで他の動物ではなく狸をカリカチュアとして選んだ理由も、智学のテキストから着想を得たものと推測できるのである。

狸と狼の場合

続いて、狼についてみてみよう。狼は、米三升をさげて狸に説教してほしいと訪ねてくる。狸はこの狼を脅し、「お前もものの命をとったことは、五百や千では利くまいに、早うざんげさっしゃれ。でないと山ねこさまにえらい責苦にあはされますぞい」と言い、狼を怯えさせる。さらに、「わしは山ねこさまのお身代りぢゃで、わしの云ふとほりさっしゃれ」と命じて抵抗を封じ、そのまま捕食している。

真宗の教義は、徹底した自己の悪性の自覚を促す性格を持つ。そうして、悪性の自覚を経た上で、すべてを阿弥陀如来の他力のはからいにゆだね、一心に念仏するというものである。智学はこの他力本願にも批判を加えている。以下にそれがみられる部分を引用する。

> 彼の真宗のごときは、たゞたのめ〳〵主義で、絶対的に自力を袪けて、念仏の修行で救はるゝ、念仏すれば救はるゝと考へてはならぬ、弥陀に帰依した時にすでに救はれて居るのだ、以後は報恩の念仏である、一分の自を出しては救に漏れるとやうにいふ、巧は巧であるが、〔中略〕自心に薫然せる力をば没却せんとするものである、〔後略〕(9)

他力本願を説く真宗の教義に対し、智学はそれを自力を「没却」するものだとして批判を加えている。先ほど紹介した狼と狸の応酬も、悪性の自覚から他力本願に導く真宗の教えを風刺するものと考えられ、賢治は智学のこういった他力本願批判の言説を援用しながら、この場面を描き出したと解釈できる。

肉食妻帯と田中智学

また、狸が兎や狼の肉を食らった点も注目される。なぜなら、智学がその著書『大観』において、肉食批判を繰り返し行っているためである。ただし、智学が肉食の点から批判する対象として最も頻度が高いのは、既存の日蓮宗教団である。それは、「安楽行品は行はれない、却つて肉食妻帯だけは盛に行はるるに至ツた」[10]「優陀那師が極力、排斥した、肉食妻帯などは平気でしている」[12]などの記述からうかがえる。また、それよりはるかに頻度は少ないものの、牛肉を食す禅宗僧侶のエピソードを紹介するなどし[13]、当時の日本の仏教教団全体に批判を加えていく。

その中で親鸞が行った肉食妻帯については、宗門改革であるとして一定の評価を下しつつも、「凡そ仏性においては洵《まこと》の僧侶が肉食妻帯することはない」[14]としている。そして日蓮について、「政府や、反対者からの迫害が来るとき、妻子などが邪魔になツて、一意専心法を弘めるといふことに妨げを起すことがある、故に禁淫断肉せられた」[15]と述べ、親鸞と対比させながら言及することで、相対的に日蓮を高く評価している。このように、智学は江戸期以降の日本仏教界の堕落を批判する際、僧侶の肉食妻帯について批判を行っている[16]。

以上から、智学による真宗批判と既存の仏教教団批判の言説が賢治の念頭にあり、法衣に身を包む狸が登場する童話を描く着想のもととなったと推測できるのである。

智学と賢治の異なる点を挙げておく。先に引用したように、智学が肉食を批判する際に最も問題としたのは、既存の日蓮宗教団の在りようである。智学は真宗を批判する際にも、その肉食のみをやり玉に挙げることはなく、親鸞の肉食妻帯に関しては、宗門改革として一定程度評価さえしている。一方の賢治は、狸を真宗僧侶に思わせる造形を行った上で、その狸に肉食をとらせている。ゆえにこれは、賢治独自の真宗に対する問題意識の反映であるように見受けられる。

すでに定説となっているように、賢治はその晩年、自身の生まれを、「この郷里では財ばつと云はれるもの、社会的被告」〔一五・四〇六〕であると表現するなど、宮沢家が裕福な質屋であったことに深い罪業意識を持っていた。そして、質屋という家業を搾取的だと考える賢治は、その家業で財を成す父・政次郎が真宗の篤信者であったことは、搾取階級のイメージと真宗とを結びつけるものとなったと推測できる。つまり、この狸の造形は、賢治自身が生家の家業と浄土真宗の信仰、この両者に対して同時に問題意識を抱いていた証左であるとみなすことができるのである。(17)

『蜘蛛となめくぢと狸』を通して考察すれば、賢治が反感を抱いていた真宗の姿は、智学の批判に接することで得た真宗像と、生家の家業に対する賢治自身の批判的視線とが合わさったものであると言えよう。少なくとも同作品の執筆時に賢治は、この両者を不可分に捉えていたのである。

では、その政次郎の信仰とはどのようなものだったのだろうか。賢治の改宗を論じる際に、彼が直接触れていたその信仰がどのようなものであったかを確認する作業は必要不可欠であると思われるため、次節では、まず政次郎の人物像とその信仰を確認する。

第二節　政次郎の信仰

ここで賢治の父・政次郎の真宗信仰を確認するにあたって、『【新】校本宮澤賢治全集　一六（下）』に収録された年譜・事項などをその手がかりとしたい。[18]

宮沢政次郎は、宮沢喜助（一八四〇〜一九一七）とキン（一八五一〜一九一三）の間に長男として生まれた。一五歳から家業を手伝い、一七歳ですでに四国まで古着の仕入れに出向くなどをしており、早くから事業に関する才覚を発揮し、「理財家ではあるが、求道の人」であるとされる。

また、宮沢一族が住した岩手県花巻では、一八九九年から学生・知識人が主体となって郊外の大沢温泉で夏期仏教講習会を行っていた。[19] 一九〇二年頃には仏教講習会としての性格を強めたこの講習会[20]であるが、政次郎は当時の花巻における熱心な仏教徒グループの一つである四恩会の面々とともに、この運営の中心を担っていた。やがて政次郎は、著名な仏教者を招き、接待し、費用面もすべて負担するようになる。花巻に仏教者を招いた講習会は、少なくとも一九一六年に第一八回を数える頃まで続き、それ以降も政次郎は、暁烏敏《あけがらすはや》（一八七七〜一九五四）[21]や近角常観《ちかずみじょうかん》（一八七〇〜一九四一）[22]と書簡のやり取りを続けている。

政次郎は宮沢家の菩提寺である安浄寺の檀家総代を務めたのみでなく、暁烏や近角といった当時の真宗大谷派の著名人たちを岩手に招くほど、熱心な信仰を持っていた。では、そんな政次郎は自身の信仰についてどのように綴っているのだろうか。

政次郎は、特に暁烏に熱心に師事していた。賢治が生きている間に暁烏が花巻を訪れたのは、記録によれば九回あり、宮沢家に宿泊することもあったという[23]。政次郎は暁烏に、「何一ツ報恩行ノ勤マラヌ」と自身の悩みを吐露したり、「妄念ノ結晶タル罪悪ノ凡夫」などの語句を用いて自身の罪深さを自覚し、懺悔する内容の書簡を暁烏へ繰り返し送っている。

政次郎が師事した暁烏は、自身の罪深さを吐露し、懺悔することで救われる確信を得たという告白によって人々を感化する説法を得意としていた[24]。政次郎が暁烏に宛てた書簡には、先に挙げたような懺悔や、信仰は「醍醐ノ妙薬」であり、そのために「苦悶ハ氷雪ノ如ク溶ケ」て感ぜられること、また、「相対ノ不平等ヲ救ヒ得ルモノハ只絶対ノ大慈悲ヨリ外無之事ト存申候」というような表現が散見される。政次郎は非常に熱心に暁烏に師事しようとしており[25]、一定以上の影響を受けている。暁烏や近角が得意とした罪悪感の告白からの救済の確信という型を、政次郎もなぞろうとしているように見受けられる。

政次郎自身は、仏教を利己的にふるまうことを戒めるものと捉えていた。政次郎に事業の才覚があったことは先に紹介したとおりだが、職分に励むことと信仰とは、素直に重なるものではなかったようである。政次郎はかなりの商才を自負し、三女のクニに経理に明るい婿を迎えて会社を興させるなど事業の拡大にも積極的で、「自分は仏教を知らなかったら三井、三菱くらいの財産は作れただろう」と述懐してもいる[26]。さらに政次郎は花巻で各種公的な委員を複数歴任し、合わせて四〇年ほど、公共福祉活動に従事している[27]。利己的であることを戒めつつ公共福祉を担っていたのが、実際の政次郎の姿なのである。

以上、賢治の父・政次郎の信仰についてみてきた。政次郎は暁烏や近角といった当時の真宗大谷派を代表する僧侶と交流を持ち、その影響を受けて自身の罪深さを懺悔することで救いを得ようとしていた。またそれと同時に、社会的実践者としての顔も併せ持つ人物であったと言えよう。ところで、賢治の作品を通じて浮かび上がる父・政次郎の姿は、搾取的な家業で財を成すものである。次節以降では、そのような創作上の姿を確認しておく。

第三節　『ビヂテリアン大祭』における「「本願寺派」の門徒」

前節で述べたように、政次郎は真宗の篤信者であり、社会的にも人格者とみなし得るような振る舞いの人物であった。そのような父と、父の信仰に対決するため、賢治は創作を行う。また『蜘蛛となめくぢと狸』では、真宗僧侶を思わせる狸に肉食をすること、搾取的であることを重ねていた賢治であったが、その後の作品において、それらのモチーフはどのように継承されていったのだろうか。

真宗に対する批判的な造形がみられる他の作品として、一九二三年頃の『ビヂテリアン大祭』[九・二〇八〜二四五]がある。同作品に登場する浄土真宗の門徒「瘠《や》せぎすの神経質らしい人」は、親鸞が肉食していたことや、入滅前の釈迦が豚肉を食したこと(28)を根拠に、「地下の釈迦も迷惑であろう」と仏教信仰に基づいて菜食を行うことを批判する。そのため、「敬虔なる釈尊の弟子」を自認し、輪廻思想に基づいて肉食を忌避する主人公から、激しい反駁を受ける。

ただし、この「瘠せぎすの神経質らしい人」は、「クリスト教国に生まれ」たのちに改宗し、「本願寺派」の信仰を持つと自己紹介している。この造形には十分注意する必要がある。この人物は異国の生まれであり、改宗した宗派も本願寺派である。宮沢家の菩提寺である安浄寺や、暁烏や近角が属する真宗大谷派ではない。つまりこの人物は、賢治が離れようとした真宗大谷派とは異なる背景を持つのである。しかもこの自己紹介が出鱈目なものであり、この「瘠せぎすの神経質らしい人」が、菜食主義を批判するための演技をしていただけであったという種明かしが結末で行われる。仏教の信仰に基づいて肉食の正当性を主張する本願寺派の門徒は、最初から存在しなかったのである。そして仏教徒かつ搾取的な性格の登場人物も、この作品には登場しない。

また、一九二七年頃の作品である『なめとこ山の熊』〔一〇・二六四～二七二〕には、主人公である熊撃ちの小十郎から熊の毛皮を安く買い叩く荒物屋の主人が登場する。この荒物屋の主人は、物語における悪役である。賢治の家業に対する反発を反映したと推測できる搾取的な性格の登場人物は、『蜘蛛となめくぢと狸』より後年のこの作品においても登場している。ただし、荒物屋の主人に何か特定の信仰があるという描写はなく、この人物が何らかの罰を受けるような展開もない。

『蜘蛛となめくぢと狸』においては、真宗・搾取・肉食の三つのイメージが重ねられていた。それらのモチーフは、別々にその後の作品に受け継がれていく。つまり、その三つをそのまま重ねるような創作を、その後の賢治は行っていないのである。

かつて賢治は、生家の家業と信仰を同時に批判的にみようとし、田中智学による真宗批判の枠組みを追いながら、それを反映した創作を行っていた。しかし、賢治はその後の作品でその試みを続けることができなかった。賢治の作品において、政次郎そのものを形象化することに成功していそうな人物は登場せず、また真宗と肉食を結びつけて批判的に造形したのは、『蜘蛛となめくぢと狸』のみである。『ビヂテリアン大祭』においても、肉食を行うとしたのはキリスト教国生まれの「本願寺派」の門徒であり、これは宮沢家（けっしてキリスト教国とは言えない日本において、真宗大谷派の門徒の家）の特徴を反映していない。むしろ、意図的なずらしがあったと考えるべきだろう。しかも、肉食の正当性を主張するのも本願寺派の門徒であるのも演技であり、嘘だったのである。智学による真宗批判の枠組みを援用しながら、創作上で真宗を批判するという賢治の試みは、結局失敗している。そしてその失敗を賢治は自覚していただろう。「キリスト教国生まれの「本願寺派」の門徒」という宮沢家の特徴からずらされた造形から、それがうかがえる。また、この作品の末尾は以下のように締めくくられている。

愉快なビヂテリアン大祭の幻想はもうこわれました。どうかあとの所はみなさんで活動写真のおしまゐのありふれた舞踏か何かを使ってご勝手にご完成をねがふしだいであります。

賢治は作品の「ご完成」を読み手に投げてしまったのである。

これまでみてきたように、『蜘蛛となめくぢと狸』における真宗批判の意識は、のちの『ビヂテリアン大祭』にはもう見受けられなくなっている。むしろ重要なのは、それでも賢治が智学を選び取って、やがて改宗に至っているということである。

結

本章では、賢治の改宗問題を扱うには、賢治の家業への反発と、智学による真宗批判からの影響を同時に考慮すべきであるという見通しのもと、検証を行ってきた。そして『蜘蛛となめくぢと狸』において、賢治は智学の真宗批判の枠組みを継承している。しかし、そこで描き出そうとしたような真宗像は、少なくとも、政次郎の実際の在りようを反映したものでもなかった。のちの『ビヂテリアン大祭』においては、真宗を批判する場面を設けつつ、真宗大谷派ではなく「本願寺派」の門徒を登場させ、しかもそれが演技のための虚構であるという筋書きを提出している。以上から、賢治は真宗批判には失敗しているとみることができよう。しかし、それでも賢治は法華信仰を生涯貫いていくのである。その要因は、どこに求めればよいだろうか。

政次郎は賢治を愛しすぎていた、という指摘がなされることがある。[29] たとえば、賢治は六歳のときに赤痢で入院しているが、その際、政次郎は連日泊まり込みで賢治の看病を行った。宮沢家の資産を考慮するなら看病のために人を雇うことは十分可能だったはずだが、政次郎は自ら賢治の看病を買って出る。そのために、政次郎自身にも赤痢が移り、大腸カタルを発症し、それゆえ政次郎は生涯胃腸が弱いままであった［一六（下）補遺・資料　年譜篇・三七］。明治の時代に、家長が家業を何日も放り出し自ら泊まり込みで子供の看病を行うのは、異様なことである。また、賢治が中学校卒業後に発疹チフスの疑いが生じた際も、政次郎は再び泊まり込みで看病を行う。このときも政次郎は感染し、倒れている［一六（下）年譜篇・八八〜八九］。

政次郎は家業で財を成す才覚があり、篤信の真宗の門徒でもあり、社会的な奉仕活動の場においてもその活躍ぶりは申し分なく、人格者とみなされるに値する人物である。しかもこの政次郎は、自身が病気に感染するのも厭わず、賢治を直接看病してしまう。それも一度でなく、二度である。一度目の看病で生涯尾を引く後遺症が残ってしまったにもかかわらず、政次郎は二度も泊りがけで賢治を看病する。序章で少し紹介したが、そんな政次郎に対し、賢治は「この一生の間どこのどんな子供も受けないやうな厚いご恩を」受け、今生ではとても返しきれないとさえ感じている。

賢治にとっての政次郎は、立ち向かいたくとも、対抗のしようがない存在だったのではないだろうか。賢治は、初恋を思い詰めて結婚を言い出した際[30]や、盛岡中学校卒業後、上の学校への進学を希望した際[31]、どちらも政次郎に反対されている。このとき賢治は、政次郎に負い目を感じつつ自己主張を行うことに、大きな困難を感じていたのではないだろうか。

政次郎は、暁烏や近角といった当時の著名な真宗僧侶に積極的に教えを乞うと同時に、自身の子である賢治やトシも、彼らに師事するよう導こうとした。そして、賢治もトシも[32]、それに反発するかのように法華信仰の道を選ぶこととなる[33]。政次郎に対抗しうる土俵として賢治が選んだのが、法華信仰だったのである。既存の宗教的な権威に対し、日蓮主義という別の教義をぶつけることで、またそれと重ね合わせることで、賢治はなんとか政次郎や家業を批判し、それらから逃れようとしたのだと考えられる。

ただし、その試みが最終的にはうまくいかなかったことに、賢治は自覚的であった。うまくいっていないにもかかわらず、賢治がそれを選び続けたことには、どのような説明を与えることができるだろうか。

明治期から大正期にかけては、封建的な家の規範、親の精神的支配から逃れることと不可分に、個の覚醒、内面の覚醒を求め、家の信仰ではない信仰を選ぶ青年が、多くあらわれた時代である(34)。中央の文壇からは距離があり、ともすれば東北に現れた孤高の天才であるかのように語られる賢治もまた、質屋という家業を継ごうとせず、東京へと出奔したことなどから、その時代の青年の多くが抱えた問題に直面していたと考えられる。

第一節で扱ったように、賢治の真宗への反発が智学の影響下でなされていることには、十分な注意が必要である。賢治は智学の真宗批判の言説に、自身の問題意識を重ねようとする。しかしそれは、宮沢家の家業や政次郎の信仰に対する批判を行う際に、必ずしも完璧に重ね合わせることができるものではない。智学の言説を援用した批判が十二分に成功しているようにはみなせないが、それでも賢治は智学を選ぶ。

政次郎が暁烏と同様、花巻に招いて師事した近角は、東京で多くの青年たちを感化していたことが明らかにされている(35)。地方から出てきた青年たちの多くは、近角によって再編成された真宗の教えに新鮮なかたちで出会い、惹かれていった。ただし賢治やトシにとっては、岩田文昭がいみじくも指摘するように、その再編成された教えが、まさに父・政次郎から説かれるものであった(36)。親の精神的支配から逃れることと、自身で信仰を選ぶことが不可分であるならば、トシや賢治が真宗を離れたのは、その文脈において必然だったのである。

註

（1）小倉豊文「二つのブラックボックス――賢治とその父の宗教信仰」（大島宏之編『宮沢賢治の宗教世界』〈発行：渓水社・発売：北辰堂、一九九二年〉）、二五六頁。
（2）大谷栄一「戦前期日本の日蓮仏教にみる戦争観」（『公共研究』第三巻第一号、二〇〇六年）、八〇頁。
（3）梅原猛『宮沢賢治童話の世界　賢治の宇宙』（佼成出版社、一九八四年）、三二頁。
（4）青江舜二郎『宮沢賢治――修羅に生きる』（講談社、一九七四年）など。
（5）上田哲『宮沢賢治――その理想世界への道程』（明治書院、一九八八年）、六一～六四頁。
（6）善導（六一三～六八一）は中国浄土教の僧。「称名念仏」を中心とする浄土思想を確立したことで知られる。
（7）猿であるのに冠をかぶっているように、見かけは立派だが、心が卑しく思慮分別に欠ける人物のたとえ。地位にふさわしくないこと（『史記』項羽本紀の故事）。
（8）田中智学講述『日蓮主義教学大観』（真世界社、一九九三年）、九〇三頁。これは一九〇三年から一〇年にかけて成立した『妙宗式目講義録』が、一九一七年に『本化妙宗式目講義録』に改題され、さらに一九二五年に『日蓮主義教学大観』と改題されたものを復刊したものである。以下『大観』と記す。
（9）『大観』、九〇一頁。
（10）『大観』、一三六六頁。
（11）日輝（一八〇〇～五九）のこと。江戸時代後期の日蓮宗僧侶。京都山科檀林で学ぶ。郷里加賀金沢の立像寺に充治園を開き、教学の研究と後進の育成に努めた。号は優陀那院。著作に『宗義抄』『一念三千論』『祖書綱要正議』など。
（12）『大観』、一四三〇頁。
（13）『大観』、九〇二頁。
（14）『大観』、一四四七頁。
（15）『大観』、一四四七頁。
（16）『大観』、一三六六頁。

（17）ただ注意したいのは、父・政次郎はあくまで在家の篤信者であり、真宗僧侶ではないということである。つまり、同作品における狸は政次郎ではない。賢治の中で何らかのイメージが重ねられている可能性は高いが、賢治はたとえ創作上であっても、政次郎そのままを投影した登場人物を造形していたわけではない。

（18）以降本書における宮沢一族にまつわる記述は、『【新】校本宮澤賢治全集　一六（下）補遺・資料　年譜篇』（筑摩書房、二〇〇一年）に拠る。

（19）以降仏教講習会に関連する記述は、同前書収録の年譜、栗原敦『宮沢賢治――透明な軌道の上から』（新宿書房、一九九二年）、八～五一頁を参照した。

（20）講師は村上専精、近角常観、釈宗活、斉藤唯信、桜井肇山、多田鼎、暁烏敏など。

（21）栗原敦編・注解「宮沢賢治周辺資料　金沢大学暁烏文庫蔵暁烏敏宛宮沢政次郎書簡集」（『金沢大学文学部論集』創刊号〈文学科篇〉一九八一年、四九～一〇七頁）。以降引用する暁烏宛の書簡はこれを出典とする。

（22）岩田文昭・碧海寿広「宮沢賢治と近角常観――宮沢一族書簡の翻刻と解題」（『大阪教育大学紀要』第一部門、第五九巻第一号、二〇一〇年）、一二一～一四〇頁。

（23）一九〇九年一〇月、一九一三年五月、一九一七年五月、一九二〇年七月、一九二四年七月、一九二六年七月、一九二七年九月、一九三〇年七月、一九三二年九月の記録が残っている（栗原敦『宮沢賢治――透明な軌道の上から』〈新宿書房、一九九二年〉参照）。ほか暁烏の足跡を辿るための有用な資料として、暁烏敏『暁烏敏日記』上・下（暁烏敏顕彰会、一九七六～七七年）、野本永久『暁烏敏傳』（大和書房、一九七四年）が挙げられる。

（24）暁烏敏については前掲註（23）ほか、松田章一『暁烏敏　世と共に世を超えん』上・下（北国新聞社、一九九七～九八年）がその生涯を扱っている。

（25）岩田文昭『近代仏教と青年――近角常観とその時代』（岩波書店、二〇一四年）、六四～六九頁。

（26）前掲註（18）『【新】校本宮澤賢治全集　一六（下）』収録の年譜。

（27）花巻川口町会議員を計四期務めたほか、花巻川口町および花巻町における裁判所の方面委員、学務委員、育英会理事、小作調停委員、人事調停委員、借地借家調停委員、民生委員、家事調停委員、司法委員なども務めた。その地域への奉仕によりたびたび表彰を受けている。

(28) 一般に、南伝仏教では豚肉を、北伝仏教ではきのこを食したとされる。近年の文献学的研究では、釈尊が食したのは野豚の肉であったという解釈が主流である。
(29) 政次郎を主人公とする近年の小説に、門井慶喜『銀河鉄道の父』（講談社、二〇一七年）がある。政次郎は賢治に対し、厳格さと過保護さの二面性を持っていたとするものである。二〇一七年度下半期に、第一五八回直木賞を受賞。
(30) 肥厚性鼻炎の治療のために入院した際、「看護婦」に片想いする（前掲註(18)『【新】校本宮澤賢治全集　一六（下）』参照）。
(31) 賢治は一九一四年三月に盛岡中学校を卒業後、商売に学問は必要ないという理由で進学を許されず、実家で店番をしながら、ノイローゼのようになった時期がある。賢治はこの時期に『法華経』と出会った。その後、盛岡高等農林学校への進学を許されるが、その卒業後の進路について、政次郎と対立を繰り返している（前掲註(18)『【新】校本宮澤賢治全集　一六（下）』参照）。
(32) トシが法華信仰を選んでいく経緯については、次章で論じる。
(33) 大谷栄一は、これまでの宮沢賢治研究で、父と子の宗教対立は伝統的な「真宗対日蓮宗」の対立と考えられてきたことを指摘した上で、「両者の対立は、近代的な「精神主義対日蓮主義」という枠組みで理解されるべきであろう」とする（大谷栄一『日蓮主義とはなんだったのか——近代日本の思想水脈』〈講談社、二〇一九年〉、三〇四～三一二頁）。筆者は、政次郎が暁烏ら真宗僧侶から受け取ったものが、精神主義の枠内で語ることが可能なものであったかについては、今後も検討が必要であると考える。
(34) 前掲註(25)岩田『近代仏教と青年』、一九二～一九三頁。
(35) 同前。
(36) 同前書、二〇一～二〇二頁。

第二章　宮沢トシの信仰

――「我等と衆生と皆倶に」――

(Ora Orade Shitori egumo)

——「永訣の朝」〔二・一四〇〕

序

本章の主役は、宮沢賢治の妹・宮沢トシ（一八九八〜一九二二）である。賢治を主題とする本書で、なぜトシを主人公にした章を設けるのか。それは、一つにはトシの存在が賢治の思索を辿る上できわめて重要な存在だと筆者が考えるためである。賢治の思索を辿るためには、賢治に強い影響を与えたトシの思索を、一度辿らなければならない。そしてそのためには、決してトシを賢治に付随する存在として扱ってはならない。トシ自身を主役として扱わねば、みえてこないものがある。

本章では、トシを信仰の確立に烈しく苦悩したひとりの存在として捉え、考察する。そのため本章では、ジェンダーの視点を導入し、トシの葛藤には、当時のジェンダーに関する言説が、何らかの影響を与えていたという仮説を提示する。

日本の近代仏教史の登場人物はその大半が男性であり、近代仏教とジェンダーに関する研究は、碧海寿広が指摘するように、現状では未だ不十分である(1)。トシというひとりの女性が信仰を求めて葛藤した軌跡を辿ることは、近代日本の宗教と女性や社会と女性との関係を扱うにあたって一つの手がかりともなるだろう。またそのようにトシを扱うことは、賢治研究においても、新たな視座を供するものとなるだろう。

トシは賢治の創作において、しばしば重要なモチーフとして登場する。たとえば、「（一九二二、一一、二七）」とトシ臨終の日を付して描かれた「無声慟哭」において、賢治はトシに対する自身を、

「信仰を一つにするたつたひとりのみちづれのわたくし」〔二・一四三〕とあらわす。ここではトシを主体に、「みちづれ」が賢治であると形容されている。トシは単に創作上の効果的なモチーフの役目を担っているだけでなく、賢治にとって信仰の問題に深くかかわる存在であったことがうかがえる。つまりトシは賢治に付随するだけの存在ではなく、賢治に強い影響を与えた一個の人格である。たしかに、トシは文学者宮沢賢治の妹として生を享けなければ、今日まで語り継がれることのなかった存在かもしれない。しかしそれは、トシが賢治の妹としてのみ生きたことを意味することにはならないだろう。

よって本章では、トシによって著されたテキストを中心に、適宜真宗大谷派の僧侶・近角常観《ちかずみじょうかん》や、日本女子大学校校長・成瀬仁蔵（一八五八〜一九一九）の言説などを参照しながら、トシが信仰の確立を目指して葛藤した軌跡を辿っていきたい。

トシ自身によるテキストとしては、彼女が一九二〇年に著した通称「宮沢トシ自省録」(2)（以下「自省録」と表記）に、彼女の信仰をめぐる思索と宗教的な理想の境地が示されている。そのため本章としてはこの「自省録」がまず重要であるに違いないが、これとは別に成瀬・近角の言説を参照するのには、次のような理由がある。

まず成瀬仁蔵に関しては、従来トシの信仰が論じられる際には、彼女が賢治の影響によって田中智学の国柱会入会に至ったという経緯が注目されることが多かった。しかし、青木生子(3)・山根知子(4)によって、トシが日本女子大学校在学中に著したテキストに、同校校長であった成瀬からの影響がみられることが指摘された。特に、トシの全生涯を追いながら信仰形成を論じた山根によれば、トシの信仰形成においては、成瀬の強い影響がみられるという。この点から、本章としても成瀬の言説を参照することは重要な作業と言えよう。

次の近角に関しては、宮沢家から近角へ宛てた書簡が残されている。これは近年、岩田文昭と碧海寿広[5]によって発見・翻刻され、トシが真宗の信心を持ちえないと自身の悩みを書簡の中で吐露していることが明らかにされたものである。この点を踏まえ本章では、トシの信仰確立にあたって、近角も重要な位置にあると考えるため、その言説を考察の対象に加える。

また、これらのほかトシが宮沢家に宛てた書簡集が堀尾青史[6]によって編集・発表されている。そこからは彼女の信仰をめぐる表白や、職業選択の悩みがうかがえるためこれらもあわせて参照していきたい。

以上のような視角から、本章ではトシが信仰の確立を目指して葛藤した軌跡を辿っていきたい。

第一節　トシとその苦悩

本節ではまずトシの人物像について簡単に概観した上で[7]、彼女が信仰を求めて葛藤するに至る経緯を確認する。

トシは一八九八年に、宮沢家の長女として誕生した、賢治の二歳下の妹である。花城尋常高等小学校では第一学年から全科目全甲の成績を通し、第四学年で模範生として表彰される。岩手県立花巻高等女学校在学中も、第一学年から卒業まで首席であり、卒業式では総代も務めた。一九一五年に日本女子大学校家政学部予科に入学し、翌年本科に進む。しかし一九一八年一二月の卒業間際に体調が悪化し、入院する。入院生活は四十数日間にわたり、上京した母・イチ（一八七七〜一九六三）と賢治の看病を受ける。三月初めに賢治とともに花巻に帰省し、療養生活に入る。同月、見込み点をつけられ卒業となる。一九二〇年九月には体調回復に伴い母校の花巻高等女学校に奉職するが、翌年九月に喀血し、退職する。一九二二年一一月二七日、死去。わずか二四年の生涯であった。

トシは非常に成績優秀であった。その人物像についても、ごく控えめで品行方正だったと伝えられることが多い。実弟の清六（一九〇四〜二〇〇一）は彼女の人柄について、「とても内気で、おだやかで、出しゃばらない人でした」(8)と言う。また賢治がトシ臨終の日付「（一九二二、一一、二七）」を付して「永訣の朝」で描き出すトシも、死の間際にも思いやりを失うことのない姿である。その一部を以下に引用する。

ああとし子
死ぬといふいまごろになつて
わたくしをいつしやうあかるくするために
こんなさつぱりした雪のひとわんを
おまへはわたくしにたのんだのだ
ありがたうわたくしのけなげないもうとよ〔後略〕

〔二・一三八〜一四〇〕

賢治は、トシが末期に雪を食べたいと頼んだことについて、それが遺される賢治を思いやってのことだったと理解する。兄が死にゆく妹に何もしてやれなかったと悔いることがないように頼みごとをしてくれたのだと、賢治は解釈しているのである。このように、トシはごく健気な夭折の妹として、語り継がれてきたと言える。

しかし、賢治のテキストを注意深く読んでいくと、トシがけっしておだやかでおとなしいだけの存在ではないことが浮かび上がってくる。先に挙げた「永訣の朝」には、トシの末期の言葉として「(Ora Orade Shitori egumo)」というフレーズが記録されている。これは花巻の方言をローマ字であらわしたものであり、「私は私でひとり行きます」という意味に解することができる。トシの言葉として、ほかにも「(うまれでくるたて／こんどはこたにわりやのごとばかりで／くるしまなあよにうまれてくる)」という記述もみられる。トシは末期に自分の言葉を紡いでいる。それは彼女に大きな苦しみがあったこと、およびそれを経て、「生まれてくるとしても、今度はこんなに私のことだけで苦しまないように生まれてきます」と述べながら死に臨む、覚悟と意思の強さがあったことをあらわす。

「永訣の朝」と同じく、トシの臨終の日付を記して著した「松の針」において、賢治は「ほんたうにおまへはひとりでいかうとするか／わたくしにいつしよに行けとたのんでくれ／泣いてわたくしにさう言つてくれ」〔二・一四二〕と呼びかける。また同じトシ臨終の日付を付した「無声慟哭」においても、「おまへはひとりどこへ行かうとするのだ」〔二・一四三〕と綴る。トシの末期の言葉は、妹の死を看取った兄に強い衝撃を与えた。では、この「(Ora Orade Shitori egumo)」という覚悟は、どのような人生経験を経て、形成されたものなのだろうか。

実はトシは高等女学校時代に、生涯にわたって尾を引き続ける恋愛事件を経験している。一九一四年、花巻高等女学校最終学年の頃、トシは新任の音楽教師に恋心を抱きつつ、個人的交流を持つ。それは人々の噂の種となり、一九一五年三月二〇日から二二日の三日間にわたって、『岩手民報』に「音楽教師と二美人の初恋」という虚実入り交じったゴシップ記事として掲載されることとなる(9)。この記事によれば、「花澤文子」は音楽教師に片想いをし、生徒たちにその噂を広められたとされる。この「花澤文子」は、トシをモデルにしていたと推測できるいくつかの要素を持つ(10)。またこの音楽教師は、別の女子生徒と相思の仲であったことが発覚したとされている。想い人が自分の同級生を想っていたこと、報道が宮沢家を攻撃する意図を持っていたと推測されることなど(11)、トシが何重にも深く傷ついたことが推察される。

この恋愛事件とそれ以降の生活を振り返り、トシは一九二〇年二月に「自省録」を記す。その冒頭には、たとえば以下のような記述がある。

此の四五年来私にとって一番根本な生活のバネになったものは、「信仰を求める」と云ふことであった。

この「自省録」は、過去から目を背けたまま精神的努力を続けた不自然な緊張のために病を得たと考えたトシが、過去を直視し、またそこから立ち直って生きていくための指針として「信仰」を確立しようと試みるものである。それゆえ、この「自省録」には恋愛事件の振り返りも綴られる。噂の広まりとともに片想いの相手からの疎隔に遭ったことや、「きのふまで友人とのみ信じてゐた人の思ひがけない裏切り」によって学校が「針のむしろ」となったことなど、「魂を打ち砕かれ」るような当時の胸の内が吐露されていく。トシは恋愛事件という悲痛な過去から立ち直ろうと、「信仰」を求めていく。では、彼女が求めた「信仰」とは、具体的にどのようなものだったのだろうか。次節以降で検証を加えていく。

第二節　トシと真宗

先述のように、トシは恋愛事件によって深い痛手を負った状態で日本女子大学校へと進学した。進学の理由は、宮沢一族が教育熱心であったためだと紹介されることがある(12)。しかし、トシ自身はのちに「自省録」の中でこの進学を「故郷を追はれた」と振り返っている。本節では、トシが日本女子大学校進学後に師事しようとした真宗大谷派の僧侶・近角常観に宛てた書簡(13)と、その二年後に宮沢家に宛てた書簡(14)を扱うことで、トシが真宗による信仰獲得に向けて努力を重ねるも、結局はそれに至らなかった経緯を確認する。

宮沢家は真宗大谷派の篤信門徒の家であった。その具体的内実として、賢治やトシの父・宮沢政次郎を中心とする宮沢一族が、近角や暁烏敏《あけがらすはや》といった当時の革新的な真宗大谷派の僧侶に師事しており、その熱心ぶりは、彼らを実際に岩手県花巻へ招き、仏教講習会を開催するほどであった。加えて暁烏と政次郎は、何度も書簡のやり取りをするなど近しい関係にあったことについては前章で紹介したとおりである。では、もう一方の近角と政次郎の関係についてはどうかと言うと、当時東京の本郷で求道会館を主宰していた近角に対し、政次郎は上京するトシが同会館を訪問することについて、事前に書簡を送って頼んでおり、(15)ここから政次郎が近角とも近しい関係にあったことがうかがえよう。

さてそれでは、トシと近角が実際にどのようなやり取りをしていたのかについて具体的にみていくことにしよう。トシが近角に宛てた書簡は、一九一五年四月二三日付のものと五月二九日付のものの二通が現存する。四月二三日付のものは、すでに近角と交流のあった政次郎の娘であるという自己紹介と、訪問の希望を伝えるものである。ここには、トシ自身の現状と率直な期待が述べられている。「将来に対する希望を持ち得ず従って活気なく元気なく誠に意義なき生活」を送っている自分の現状を綴り、さらにそのような「望ましからぬ生活状態」を、「脱する程の勇気も起し得ざる実に情なき私」であると告白する。そしてトシは、近角に師事することによって現状を脱したいと述べる。

留意したいのは、「物学ばる、嬉しさよりも、先生〔近角〕の御教へに近づき得るうれしさに、望みを以て上京致し候」と言うように、大学の教育よりも近角との出会いに、より強い期待を抱いていることが記されている点である。トシは、自身の生活を充実させたいという望みは「学校の教師等に尋ぬべき事」であると思いつつも、「厳格なる道徳は、今の余りに弱き私には恐ろし過ぎ候」とする。弱き自己の自覚とその状態を脱したいこと、およびそのためには「学校の教師」ではなく、真宗僧侶である近角に教えを乞うことが必要だと考えているのである。この時点のトシは、政次郎のすすめるがままに、近角からの教えに素直な期待を抱いていたことが読み取れる。

次に挙げる五月二九日付の書簡では、その深刻さの度合いを増す。トシは訪問のお礼を述べてすぐ、「これならいっそ死んだ方が」というような強い自虐の言葉とともに、「今の私はどこもかしこも間違ひだらけ、根本からどうにかしなくてはとても駄目である」と畳みかける。トシは、自身の信仰を求める態度を「間違ってる」と捉え、以下のように綴る。

「今の状態をぬけ出でたい。充実したい。」と云ふ欲求も、先生の御講話を伺ひましてから、「あゝこれも間違ってる」と思はされました。摑まふ〳〵として居るので御座いますから。

このトシの反省は、どのように形成されたものなのだろうか。

この書簡において、トシは近角の著作である『信仰の余瀝』（大日本仏教徒同盟会、一九〇〇年）や『懺悔録』（森江書店、一九〇五年）を読んだことを報告している。たとえば『懺悔録』には、「此歎異鈔が、真実自分の生命になり、光明になりて下さるには先づ極端なる罪悪感に陥つたものでなければならぬ」[16]というような主張が散見されるが、トシはこの書簡において、それに従うかのように強い自己否定を繰り返している。しかし、「極端なる罪悪感」に陥っても、近角が説くような「此歎異鈔が、真実自分の生命になり、光明になりて下さる」実感を持つことはできなかったようである。

また『信仰の余瀝』には、「（四）声を聞くべし、光を見るべし」[17]という章が設けられており、そこでは以下のような主張が展開される。

> 宗教は理屈ではない、考へることではない。〔中略〕全体理屈でこねまはすのは間接である、そして五官の作用は最も直接である、仏と接触するも直接である。

近角は、宗教は「理屈」ではなく、「五官」で直接に感じるものであると説く。しかしトシは、「信仰の余瀝」や懺《ママ》悔録」を拝読致しましても、御講話を承りましても、親様の御声も聴かれません光《ママ》も見えません」と述べている。

トシは近角の教えに従って、「極端なる罪悪感」に陥ったかのような自虐を繰り返した。しかし、「今の状態をぬけ出でたい。充実したい」という欲求から、信仰を「擱まふ〳〵として」考えてしまい、「五官」で仏を感じることができなかったため、先に引用したような反省を述べたと考えられるのである。

さらにトシは、日本女子大学校の「自動自発、研究的、人格の向上、修養、目的ある生活」を説く校風にも馴染めないと吐露する。トシの苦悩は、近角の教えに導かれることも、日本女子大学校の校風に馴染むこともできないという、二重のものである。しかし、今後も近角のもとで「どうにも成らないと知りましたなら」[18]、大学での教育に身を任せようかと示唆し、結んでいる。実際にこののちトシは近角から一定の距離を置き、日本女子大学校への適応を試みていったとされている[19]。この二通目の書簡からは、トシは政次郎のすすめるがままに近角を訪問し、また彼の著作に触れても、彼が説くような信仰獲得の道筋に沿うことができないと吐露している事実が読み取れるのである。

先の二通の書簡からは、上京直後のトシが強い期待感を持って近角に接触するも、「どうにも成らない」と感じるに至ったことが確認できる。「どうにも成らない」自己をそのまま提示しようとする態度や、父親に通うよう言われていた求道会館に通わなくなってしまう点に、トシの強烈な自我が現れている。この強烈さは、前章で紹介した賢治の父親に対する態度をどこか彷彿とさせるものでもある。

しかしその後も、トシが真宗による信仰獲得に向けて努力を続けた様子がうかがえる書簡が残されている。それは、一九一七年六月二三日付と推定される「みなさま及び祖父宛」の書簡である。この書簡は、同年九月一六日に亡くなる祖父・喜助に対し、死後の行方が地獄とならぬよう因果応報の考えに基づき利己的な振る舞いや心がけを戒めるものである。巻紙二メートル半にも及び、毛筆でしたためられたこの書簡は、いくつかの点で異様な気迫に満ちている。トシはここで、信仰に篤い訳ではないが、特に目立った問題行動もない祖父に厳しく自省を呼びかけている。また自身について、「地獄にしか行き所のなき悪い事この上もなき私」「私は悪しき事のみ一生続けたる報ひとして地獄に堕つるより外致し方なく候」などと、繰り返し綴っている。この書簡には別紙が添えられており、書簡を祖父にみせるかどうかの判断を「みなさま」、つまり父・政次郎や母・イチ、そして兄・賢治に委ねている。この別紙の存在も、尋常ならざる気配に拍車をかけている。

そうして綴られていくこの書簡の末尾と別紙の両方で、トシは未だ信心を得ることができていないこと、およびそれを持てるよう努力することを打ち明ける。次の一節は、同書簡の末尾からの引用である。

私も大切なる死後のこと一刻も早く心にきめる様にと思ひ居り候へど未だ確かな信心もなく　このまゝに死ぬときは地獄にしか行けず候　何卒御一緒に信心をいたゞくように致し度く候〔後略〕

この書簡からは、近角のもとを離れて以降も、自己の悪性をみつめ、信仰をめぐって葛藤を続けていた様子が読み取れる。さらに、それが政次郎や賢治の目に触れる仕方で表明されている点にも注目できる。真宗によって信仰を獲得できない自己の現状を、かつて近角を訪問するようすすめた父親に対して提示する意図がうかがえるのである。

本節で検討してきた三通の書簡において表明された自己省察は、やや苛烈な自己否定に満ちたものである。その契機となったのは、一九一四年の恋愛事件にまつわる苦悩と、「極端なる罪悪感」を重視した近角の教えであるように見受けられる。トシは恋愛事件を引き起こした罪悪感に苦しみ、無気力な状態に陥っていた。そうして近角との出会いも、彼の説く道筋に沿った信仰獲得に向けた努力も、結局は彼女に真宗の信仰を確信させるには至らなかったのである。

第三節　トシと「自省録」

前節では、トシが近角との出会いを経たのち、結局は真宗による信仰獲得に至らなかった経緯を確認した。では、トシはそののち信仰をめぐって、どのような宗教的理想を見出していったのであろうか。それを探るため、本節では先の二通の書簡以降に執筆された、一九二〇年の「自省録」において、トシがどのような告白を行っているかを確認する。

彼女が師事しようとした近角は、「告白」の手法を確立していたことが指摘されている[20]。これは、近角が運営した求道会館の「信仰談話会」において懺悔による安心獲得の道筋を信徒たちに語らせる、そして自身の主宰する雑誌『求道』に信徒たちの体験談を載せて活字化するという二種類の方法で信仰の告白を共有させるものである。語り手に対しては自己反省を促し、受け手に対しては信仰獲得の指針となる場を与えたことに、近角の独自性があった。いずれも近角自身がその著書『懺悔録』などで記したように、自身の体験、すなわち「実験」を重んじ、体験の告白から信仰の確立に至る経緯をなぞらせるような手法である。

では、トシの「自省録」はどうだろうか。先に紹介したように、この「自省録」は過去の恋愛事件についての反省を行い、そこから信仰を確立していこうと試みるものである。この過去の体験の反省から信仰を確立しようとする手法は、近角の「告白」の手法を踏襲したものであるかのように見受けられる。

ただ、こういった近角からの影響に加えて、この「自省録」にはトシの在籍した日本女子大学校校長である成瀬仁蔵の影響がうかがえる記述も見出せる点に本書では注目しておきたい。当時成瀬は、全学必修の「実践倫理」という講義を行っていた。これは学生の人格形成と校風養成の中心として行われたものである[21]。トシはこの「実践倫理」の宿題に、「信仰とは何ぞや教育とは何ぞや」という課題が出されたとき、「魂を込めて可成り長い論文を書いた」と振り返っている。その頃トシは、「自分と宇宙との正しい関係に目醒め」ることが、「人として最もあるべき理想の状態」であると認識し、その状態にあったと思われる「聖者高僧達の境涯に対する憧憬」に、「強く心を燃やした」のだと言う。これらは「宗教といふものは自我の本質と宇宙の本質との関係である」(22)と語っていた成瀬の影響であろう。

「自省録」の記述は、近角からは「告白」の手法を、そして成瀬からは「信仰とは何ぞや」という問いを継承していると言える。そしてトシはかつて論文執筆に取り組んだことを指して、「今思へばあれは全く信仰に対する憧憬を書いたに過ぎなかったように思はれる」と反省する。さらにトシは「自己を冷静に凝視」することを欲し、「私は自分を知らなければならぬ。過去の自分を正視しなければならない。悪びれずに」と述べる。

このような記述からは、トシが「自省録」執筆時に、あらためて信仰を求める決意をしたことがうかがえる。またそのためには、「自己を冷静に凝視」することが必要であると考えている。このような記述からは、「極端なる罪悪感」を重視した近角とは異なる視角から過去の反省を行おうとする意図があったことも読み取れるのである。そうしてトシは、自身の恋愛事件について分析を加え、以下のように反省するに至る。

彼等〔トシと音楽教師のこと〕の求めたものは畢竟彼等の幸福のみで、それが当然もしも他の人人の幸福と両立しない場合には、利己的で排他的になる性質のものではなかったか?

このような反省を経て、トシは宗教的理想を綴る。そしてそこでは、かつて抱いた利己的で排他的な愛とは対照的なものとして、「凡ての人に平等な無私な愛を持ちたい」と綴り、「また「願わくばこの功徳を以て普ねく一切に及ぼし我等と衆生と皆倶に──」と云ふ境地に偽りのない渇仰を捧げる事」を欲する。さらに、「一念三千の理法や天台の学理」や、「小乗的傾向を去って大乗の煩悩即菩提の世界」などに「憧憬と理想」を抱いていると述べる。岩田文昭が指摘するように、これらの記述は、トシが『法華経』の世界観に惹かれていたことを示唆するものだろう。(23)

以上から、トシはこの「自省録」において、近角による「告白」の手法や成瀬の「信仰とは何ぞや」という課題に影響を受けつつ、過去の反省から宗教的理想を見出していったのだと考えられる。この「自省録」の最後には、宗教的理想を打ち立てると同時に、おそらくは教師として母校である花巻高等女学校に赴任するにあたっての決意を述べているのであろう記述も見出される。(24)それは、「恢復された人生に対する勇気と自由とをこれからの彼女〔トシ〕の仕事に表わさねばならぬ」というものである。ここで、『法華経』への憧れを示唆すると同時に、「仕事」についての決意がみられる点は本書の関心にとって重要である。詳細は次節で扱うが、トシ自身は恋愛事件の恥を雪《そそ》ぐため、立身出世の強い願望を持っていた。しかし、当時の真宗の言説の中では自身の将来像を思い描くことができなかった可能性があり、それが彼女の関心を『法華経』へと向かわせた要因であると考えられるのである。

第四節　トシと当時の女性観

本章ではトシが近角や成瀬の影響を受けながら宗教的目標を立てようとする軌跡を確認してきた。そうしてトシが抱いた理想は、「凡ての人に平等な無私な愛」を抱くことであった。またそれと同時に、『法華経』の世界観への憧れを示唆しつつ、「仕事」への決意を述べるものでもあった。では、トシはなぜこのような記述を行うに至ったのだろうか。本節では、トシが信仰を獲得しようと葛藤した道筋には、トシが接した当時の女性観と、それに影響を受けた進路選択の悩みが反映されているという仮説を提示したい。

トシの葛藤の内実を探る手がかりは、トシが自身の進路に悩んでいた記述に求められる。資料として、トシが兄・賢治と互いの進路について相談した書簡が残されている。以下に引用する一九一八年一一月二四日付のものが、それである。

〔前略〕とにもかくにも真生活の方法と職業の一致の外に望ましき生活法ハ考えられず候　一人〳〵も一家もその天職を見出して之を遂げたくと折角ねがひ居り候　現在のような怠け者にてハ随分と心細く候へどもこの望みの空なるものとも思はれず候　現に多くの困難や貧乏や病気や孤独などを忍ばれて四十年一日の如く教育に我を忘れらるゝ校長先生〔成瀬〕が生きたる証明と敬はれ申し候　ともかく私もこれから怠らず成るべく早く然し焦らずにこれを見出したく存じ候

無責任な理想を申し上ぐるならバ兄上様自身の天職と一家の方針とが一致することが何よりも望まれ候　家族が必要な援兵としてでなしに只の足手まといになる事ハお互ひに不本意なることに御座候　この事ハ人にではなくこれからの婦人自身の覚悟を要する事と思はれ候　一家の長として心進まぬ働きを強いてまでも衣食の安全を求めたり着飾ったりする寄生婦人の一人にても多き程国家全体の不幸と存じ候　然し決して今の流行の思想にかぶれて婦人運動の何のと云ふ事にてハこれなく候　家政や家庭教育や育児や皆立派なる働きの分担と存じ候
とんだ方へ入り候

この書簡において、トシは成瀬への尊敬の念を示しつつ、未だ将来の職業について模索している段階であると述べる。また婦人の役割については、婦人運動に対して距離を置きつつ、「家政や家庭教育や育児」を「立派なる働きの分担」であると言及している。「とんだ方へ入り候」と言いつつ、進路相談においてこのような表白を行ったことは、婦人の果たすべき役割が、トシ自身の進路に関連するのっぴきならない問題として意識されていた可能性を示唆する。そしてここには、トシ自身が将来どのようになりたいかは、具体的には記述されていないのである。

ここでトシが認識している婦人の役割は、「家政や家庭教育や育児」といった、家庭内のものである。同時代の多くの思想家や宗教家によって提唱された国民道徳が、婦人の役割を家庭内に限定するようなものであったことは、すでに多くの先学によって指摘されている。(25)ここにみられるトシの認識も、この同時代の枠組みの中にあると言える。

むしろ留意すべきなのは、トシがかつての恋愛事件の汚名を雪ぐために、立身出世をする必要があると思い詰めていたことである。かつて近角に宛てた二通目の書簡には、自身の立身出世への願望が述べられている。すなわち、「人の十倍も努力し、勉強して、所謂世間的の立派な者になって帰らなければならない位置にあるのでございます」「あらゆる心配苦労を親にかけ、親を涙させるような事をして、三月の末、或る意味の敗北者として、故郷を離れ、のがれて参りました。どうしても、その恥を雪ぎます為に、又親師長の心配に報ひる為にも私は、勉強して、成業の道に進まなければならないので御座います」とあるのがそれである。トシにとって過去の恋愛事件の克服は、自身の立身出世によって果たされるべきものであった。しかし先に挙げた近角との出会いからさらに三年後に書かれた賢治宛の書簡においても、婦人の役割についての記述こそみられても、自身の具体的な将来像は述べられていないのである。

トシは恋愛事件の直後に進学が決まり、上京して近角に師事しようとした。この近角は、男女それぞれで至る悟りに違いがないと認識する点、真宗における女性の役割を高く評価する点など、比較的リベラルな立場を取っており、女性の信者も多かったが、女性の活躍の場を家庭に限定する点では、同時代の女性観と共通していたと指摘されている[26]。

次に、トシが近角に師事するよう手配した父・政次郎の女性観も確認する。「五障三従[27]」のような価値観は当時の仏教者にひろくみられるものであるが、政次郎も女性はその性別ゆえに、罪障があるとみなしていた。さらに政次郎は、女性を「カワイソウナモノ」とも捉えていた。トシの妹である次女のシゲ（一九〇一～八七）によれば、政次郎は、「女トイフモノハ、カワイソウナモノノダ。コンド生レカワッテクルトキハ、オ前タチヲオンナデハナク、男ニ生レテ来サセタイ[28]」と発言していた。またトシの妹たちであるシゲと三女のクニ（一九〇二～七九）は大学へ進学させていないことから、トシの日本女子大学校への進学は、政次郎が女子教育に力を入れてのものではなかった可能性が浮上する。むしろこれは、トシ自身が「自省録」において「故郷を追はれた」と述懐していることから、そのような性格のものであったと推測できるのである。政次郎の女性観がこのようなものであったことは、第二節で扱った近角宛の書簡や、第三節で扱った「自省録」において、トシが自身の女性としての属性に言及しない記述を行っていたこととあわせ、十分に注意する必要がある。

ここまで、トシと直接接点のあった人物の女性観を検証してきた。そのほか、同時代の真宗僧侶による女性観にはどのようなものがあっただろうか。たとえば、政次郎が非常に熱心に師事していた真宗僧侶に、暁烏敏[29]がいる。この暁烏は、著書『新気運』（丙午出版社、一九一二年）において「八、婦人問題」という章を設け、「男子は社会の為に身を献ぜんとす、女子は男子の為に身を献ぜんとす[30]」と述べている。ここで暁烏は、男女の役割の違いを強調している。

「精神主義」運動の拠点となった清沢の私塾・浩々洞においては、女性向けの仏教雑誌『家庭』（一九〇一年～?）が発行されていた。これは浩々洞の機関誌として当時発行されていた『精神界』と「新夫婦の如く並行した」ものであり、「精神主義」運動への賛同者たちもかかわっていたものである[31]。この雑誌は、「仏教の根底に立ちて記されたる唯一の宗教的女学雑誌」と宣伝されていたが[32]、そこにおいて、「本来個別的であるべき個人としての「女性」救済のあり方を、実は「家庭」における主婦の救済として一般化」するような記述がなされていたことが、福島栄寿によって指摘されている[33]。無論、当時の真宗僧侶も一枚岩ではないため、真宗僧侶全体がこういった認識に立っていたかどうかには注意を要するが、「唯一の宗教的女学雑誌」を自負していた『家庭』において、トシが望むような進路像、すなわち立身出世を果たしつつ救済される婦人の姿が提示されていなかったことは重要だろう。

先に紹介したように、トシは近角に宛てた書簡において、立身出世の願望を訴えている。しかし、その近角からは婦人の活躍の場を家庭に限定する説教を聞かされた可能性がある。だとすれば、恋愛事件の恥辱を雪ぎたいという焦燥に駆られ、立身出世をしなければならないと思い詰め、その葛藤を伝えた相手が、女性の救済の在りようとして、活躍の場を家庭に限定するような説き方をしていたことは、トシにとって非常に受け入れ難く感じられたのではないだろうか。トシが描こうとした自身の将来像と、彼女が触れ得た範囲での宗教的な女性救済像には齟齬があったと考えられる。そして、この齟齬こそが、トシを真宗に留まらせることなく、法華信仰へと転じさせていった理由であったのではないかという仮説を本章では提示しておきたい。

なお、トシが法華信仰の道を選んだ具体的な経緯については、資料的制約(34)もあり、本章で詳述することはできない。トシが有した法華信仰の内実などを明らかにすることは、今後の重要な課題である。

結

本章では、宮沢賢治の妹・トシが、実人生の事件を契機とした苦しい精神状態を脱しようと葛藤したその軌跡を確認してきた。またその葛藤には、当時のジェンダーに関する言説が何らかの影響を与えていたという仮説を検証した。トシには立身出世によって過去の汚名を晴らそうという焦燥があった。しかし、当時トシが触れ得た女性の宗教的な救済の在りようは、家庭に尽くす婦人像と等しいものとして語られていた。このような女性の救済像と、トシが自身に望んだ理想的将来像には、大きな齟齬があった。それゆえ、トシの葛藤は続いた。そして最終的には、『法華経』の世界観に惹かれていることを示唆しつつ、「凡ての人に平等な無私な愛を持ちたい」という宗教的理想を綴るに至らせたのではないかというのが、本章の結論である。

トシが婦人として救済を得たいと願ったのであれば、その道筋はごくわかりやすく示されていたはずである。すなわち、家庭に従属的な婦人の役割を担うような将来像を描くことである。しかしトシは、自身の女性という属性については言及しない。トシが自身の女性という属性を問題にしないで記述を行ったことは、彼女が女性という属性から自由であったことと直ちに等価にはならない。むしろ、触れ得た宗教的文脈における婦人道徳に一切言及しないのは、一度は婦人の救済像を受け止めた上で、その脱色を図ろうという試みだったのではないだろうか。「自省録」における記述は、彼女の葛藤が、家庭に尽くす婦人としての救済像を飛び越えたいという願いとなって結実したものであるという推測も、うがちすぎたものであるようには思われないのである。

トシは苦悩し、思索し、その上で信仰を打ちたてようとした。そうしてトシが「自省録」に綴った理想、つまり「我等と衆生と皆倶に――」という境地への渇仰は、その後の彼女の人生に、どうあらわされたのだろうか。トシの教え子の証言によれば、トシは常に「人のためになりたい」と語っていたというが[35]、それ以外の手がかりとしては、本章冒頭で紹介した賢治の創作上に記録されるトシ末期の言葉であろう。「(Ora Orade Shitori egumo)」という言葉は、わずか一年間の教師生活を経て病臥したのちのものである。「我等と衆生と皆倶に―」という境地とは対照的なこの言葉は、「凡ての人に平等な無私な愛を持ちたい」という願いを、今生では果たすことが叶わないと悟ってのものであろう。それを示すかのように、「(うまれでくるたて／こんどはこたにわりやのごとばかりで／くるしまなあよにうまれてくる)」という決意とともに、トシは息を引き取るのである。

このトシという存在を、賢治がどのように受け止め、解釈していったかを検討することも、今後の課題である。一九一四年に『法華経』に出会った賢治であるが、出会った当初の『法華経』理解は、真宗本願寺派の僧侶で仏教学者の島地大等（一八七五〜一九二七）からの影響が強い天台学的なものであり、それが日蓮教学的理解に移行するのは一九一八年頃からであったことが、大平宏龍[36]・大谷栄一[37]によって指摘されている。トシが信仰と進路をめぐる葛藤を続けた時期は、賢治が進路に悩みながら『法華経』へと傾倒していった時期とも重なっている[38]。トシの葛藤が賢治に影響を与えた可能性についても、今後検討する必要がある。

トシと賢治の発想には似たところがある。本章で紹介したように、トシは恋愛事件を契機に、ひとりの人を利己的に排他的に愛したことを反省し、「凡ての人に平等な無私な愛を持ちたい」「我等と衆生と皆倶に―」という境地に渇仰を捧げたいと述べている。トシにとっての法華信仰は、個人的な恋愛感情の否定を経て、「皆」を祈るものである。

トシが法華信仰を抱く際に辿った恋愛の否定から宗教情操への道筋は、賢治が『春と修羅　第一集』において、「(一九二二、五、二一)」の日付を付して著した「小岩井農場　パート九」を連想させるものである。賢治はここで、恋愛(と性欲)の否定を経て「宗教情操」へ至ることが「正し」いと記している。少し長くなるが、その箇所を引用する。

もう決定した　そつちへ行くな
これらはみんなただしくない
いま疲れてかたちを更へたおまへの信仰から
発散して酸えたひかりの澱だ
ちひさな自分を劃ることのできない
この不可思議な大きな心象宙宇のなかで
もしも正しいねがひに燃えて
じぶんとひとと万象といつしよに
至上福しにいたらうとする
それをある宗教情操とするならば
そのねがひから砕けまたは疲れ
じぶんとそれからたつたもひとつのたましひと
完全そして永久にどこまでもいつしよに行かうとする
この変態を恋愛といふ

そしてどこまでもその方向では
決して求め得られないその恋愛の本質的な部分を
むりにもごまかし求め得ようとする
この傾向を性慾といふ
すべてこれら漸移のなかのさまざまな過程に従つて
さまざまな眼に見えまた見えない生物の種類がある
この命題は可逆的にもまた正しく
わたくしにはあんまり恐ろしいことだ

賢治は「宗教情操」の「ねがひ」に疲れると「恋愛」を求め、「決して求め得られないその恋愛の本質的な部分を／むりにもごまかし求め得ようとする」ことを「性慾」とした上で、これらの命題は「可逆的にも」「正し」いとする。つまり、性欲を否定し、恋愛を否定し、宗教情操を抱くことが、賢治にとっての正しい展開である[39]。そしてその宗教情操は、「じぶんとひとと万象といつしよに／至上福しにいたらうとする」ものなのである。

この兄妹の信仰は、恋愛の否定を経て宗教情操に至ろうとする点、信仰が「我等と衆生と皆倶に――」「じぶんとひとと万象といつしよに」あろうとするものだと捉えている点で似通う。トシと賢治の間で行われたやり取りを探るには資料的制約が大きく、本書ではこれ以上兄妹の影響関係に踏み込むことが叶わないが、二人が残したテキストには、似た理路がある。そして少なくとも賢治は、トシに対する自身を、「信仰をひとつにするたつたひとりの道づれのわたくし」であると信じていたのである。

いずれにせよ、トシは単に文学者宮沢賢治にとっての夭折した妹というモチーフに留まらない。本章で紹介したトシのような存在は、近代日本の宗教と女性、社会と女性を考察する際の重要な手がかりとなるだろう。

ところで、トシが綴った苦悩と理想は、女性である自己を前面に押し出すものではない。むしろ恋愛の問題や職業の問題に悩む、当時の青年男性であるならば、共感しうるような記述である。

次章以降では、トシの苦悩とその死を受け止めようとした賢治が、どのように行動し、思索を深めていったかを検討していく。

註

（1）碧海寿広『近代仏教のなかの真宗――近角常観と求道者たち』（法藏館、二〇一四年）、一五〇～一五二頁。
（2）初出は宮沢敦郎『伯父は賢治』（八重岳書房、一九八九年）。のち、山根知子『妹トシの拓いた道――「銀河鉄道の夜」へむかって』（朝文社、二〇〇三年）に再録。賢治やトシの末妹クニに形見分けされていたノートであり、一九八七年にクニの息子である宮沢敦郎によって発見・命名された。以降「自省録」の記述は、この山根『妹トシの拓いた道』を底本とする。
（3）青木生子『近代史を拓いた女性たち――日本女子大学に学んだ人たち』（講談社、一九九〇年）、一九五頁。
（4）前掲註（2）山根『妹トシの拓いた道』。
（5）岩田文昭・碧海寿広「宮沢賢治と近角常観――宮沢一族書簡の翻刻と解題」（『大阪教育大学紀要』第一部門、第五九巻第一号、二〇一〇年）、一二一～一四〇頁。以降引用する近角宛の書簡はこれを出典とする。

（6）堀尾青史編「宮沢トシ書簡集」（『ユリイカ』臨時増刊号、一九七〇年）、一五一～一六四頁。以降トシが宮沢家の人間に宛てた書簡はこれを出典とする。
（7）前掲註（3）青木『近代史を拓いた女性たち』参照。
（8）青木生子『近代史を拓いた女性たち　日本女子大学に学んだ人たち』（講談社、一九九〇年）、一七三頁。
（9）前掲註（2）山根『妹トシの拓いた道』、二六頁に再録された当時の記事を参照。
（10）この記事の登場人物はすべて仮名であるが、「H学校」に通う「財産家の娘」の「花澤文子」は「組長を譲ったことがない」「学術優等品行方正」とされる。当時の岩手県内で「H学校」に該当する女学校は花巻高等女学校を含めて二校のみである。また「財産家の娘」で「組長を譲ったことがない」という特徴は、花巻でその名を知られるほどの地位と富を築いていた宮沢一族の生まれであり、全学年で首席を通したトシに該当する。トシはのちに「自省録」で、この新聞記事が家族を悲しませたこと、およびこの記事の執筆者が誰かを知っていることを振り返っている。トシを知る人々にとって、この記事はトシの事件として受け止められたと推測できる。
（11）『岩手民報』の出資者がトシの母方の祖父宮沢善治と敵対関係にあったこと、記事がトシを善治の娘であるかのように誤認させる書き方をしている点などから、宮沢一族を攻撃するためにトシの事件が利用された可能性が指摘されている。今野勉『宮沢賢治の真実――修羅を生きた詩人』（新潮社、二〇一七年）、八四～九〇頁参照。
（12）前掲註（3）青木『近代史を拓いた女性たち』参照。宮沢家が教育熱心であったかについては、賢治は当初盛岡高等農林学校に進学する予定ではなかったこと、清六、シゲ、クニといった弟や妹たちは大学へ進学していないことから、少なくとも大学進学を前提とする方針ではなかったことが言える。
（13）前掲註（5）岩田・碧海「宮沢賢治と近角常観」、一二一～一四〇頁。
（14）前掲註（6）堀尾編「宮沢トシ書簡集」、一五二～一五四頁。
（15）前掲註（5）岩田・碧海「宮沢賢治と近角常観」、一二四頁。
（16）近角常観『懺悔録』（森江書店、一九〇五年）、九～一〇頁。
（17）近角常観『信仰の余瀝』（大日本仏教徒同盟会、一九〇〇年）、二一一～二一四頁。
（18）前掲註（5）岩田・碧海「宮沢賢治と近角常観」、一三三頁。

(19) 前掲註(2)山根『妹トシの拓いた道』、八九〜九五頁。
(20) 岩田文昭『近代仏教と青年――近角常観とその時代』（岩波書店、二〇一四年）、六四〜六九頁。
(21) 青木生子『いまを生きる成瀬仁蔵――女子教育のパイオニア』（講談社、二〇〇一年）、一五五頁。
(22) 成瀬仁蔵著作集委員会編『成瀬仁蔵著作集』第三巻（日本女子大学、一九八一年）、八六四頁。
(23) 前掲註(20)岩田『近代仏教と青年』、二〇四〜二〇五頁。
(24) 前掲註(2)山根『妹トシの拓いた道』、六六頁。
(25) 代表的な成果として、関口すみ子『国民道徳とジェンダー――福沢諭吉・井上哲次郎・和辻哲郎』（東京大学出版会、二〇〇七年）がある。
(26) 前掲註(1)碧海『近代仏教のなかの真宗』、一五二〜一五四頁。
(27) 女という性が持っているとされた、五種の障碍と三種の忍従とを言う。女性は梵天王・帝釈天・魔王・転輪王・仏になることはできない、というのが五障。幼時は親に従い、結婚後は夫に従い、年老いては子に従う、というのが三従である（中村元監修『新仏教辞典』〈誠信書房、一九八〇年〉、一七五頁）。
(28) 森荘已池『宮沢賢治の肖像』（津軽書房、一九七四年）、二二一頁。
(29) 政次郎と暁烏の交流については、栗原敦編・注解「宮沢賢治周辺資料：金沢大学暁烏文庫蔵　暁烏敏宛　宮沢政次郎書簡集」（『金沢大学文学部論集』創刊号〈文学科篇、一九八一年〉、四九〜一〇七頁）参照。暁烏については本書第一章でも言及した。
(30) 暁烏敏『新気運』（丙午出版社、一九一二年）、六〇〜六一頁。
(31) 福島栄寿『思想史としての「精神主義」』（法藏館、二〇〇三年）、一七〇〜一七三頁。
(32) 『精神界』第三巻第一号（精神界発行所、一九〇三年）、五三頁。
(33) 前掲註(31)福島『思想史としての「精神主義」』、二〇一〜二〇六頁。
(34) 近年発見されたトシの新資料として、成瀬仁蔵の「実践倫理」を受講していた際の答案が、山根知子によって紹介された（山根知子「新資料紹介　宮澤トシの「実践倫理」答案――成瀬校長の導きとトシの心の軌跡」〈『成瀬記念館』第三〇号、二〇一五年〉、二五〜四一頁。同「新資料紹介　宮澤トシの「実践倫理」答案（その二）

――成瀬校長の思想を受けとめた学生たち」〈『成瀬記念館』第三二号〉、四三～四八頁。なお、いずれも付録として答案の翻刻も掲載されている）。

（35）前掲註(2)山根『妹トシの拓いた道』六六・六七頁。

（36）大平宏龍「「法華経と宮沢賢治」私論」（『文芸月光』第二号、二〇一〇年）、六〇～七七頁。

（37）大谷栄一「〈国土成仏〉という祈り――宮沢賢治と日蓮主義」（『ユリイカ』第四三巻第八号、二〇一一年）、一八六～一九五頁。

（38）賢治は一九一四年三月に盛岡中学校を卒業後、商売に学問は必要ないという理由で進学を許されず、実家で店番をしながら、ノイローゼのようになった時期がある。賢治はこの時期に『法華経』に出会った。その後、盛岡高等農林学校への進学を許されるが、その卒業後の進路について、政次郎と対立を繰り返している（『【新】校本宮澤賢治全集　一六（下）年譜篇』参照）。

（39）「小岩井農場　パート九」に注目し、賢治の性欲否定と宗教観を扱った先行研究としては、末木文美士『他者・死者たちの近代――近代日本の思想・再考Ⅲ』（トランスビュー、二〇一〇年）がある。

第三章　トシをめぐる追善

おまへがたべるこのふたわんのゆきに
わたくしはいまこころからいのる
どうかこれが天上のアイスクリームになつて
おまへとみんなとに聖い資糧をもたらすやうに
わたくしのすべてのさいはひをかけてねがふ

——「永訣の朝」〔二・一四〇〕

序

　前章では、賢治の妹であるトシに注目し、彼女が信仰を確立するに至るまでの苦悩と葛藤の経緯を追った。そして本章では、賢治がトシの存在とその死をどう捉え、どう行動したかを考察する。

　トシの死をめぐる賢治の行動には、単に家族を失ったことへの悲しみだけでは説明できないやや異様な点がある。しかし、その異様さにもなんらかの根拠があり、賢治の行動原理ともなったその根拠の一端に迫ってみようというのが、本章の目的である。具体的には、トシの葬儀からトシをめぐる創作活動までの一連の行動が、国柱会の儀礼・法要の行い方をまとめた田中智学の『妙行正軌』(1)と『日蓮聖人御遺文』(2)の二冊を手引きとした賢治なりの追善であったという仮説を提示したい。またその際、賢治が女人往生（成仏）についての問題意識を持ち、それを創作に反映していった可能性もあわせて指摘する。

　中でも特に注目するのは、『妙行正軌』である。賢治が同書から受けていた影響についての先行研究としては、「雨ニモマケズ手帳」に関するものがある。(3)この「雨ニモマケズ手帳」は、賢治が一九三一年頃使用していたと推定され、賢治の作品として著名な「雨ニモマケズ」が書きつけられていたことからそう呼ばれるものである。この「手帳」には『法華経』からの抜き書きが多く記されており、賢治の法華信仰を探る上で重要な資料となっている。そして、「雨ニモマケズ手帳」における『法華経』の抜き書きは、すべて『妙行正軌』に拠るものだということもすでに指摘されている。

田中智学のナショナリストとしてのイメージと賢治が結びつくことを忌避するゆえか、賢治研究において国柱会との関係は避けられがちなテーマである。しかし、賢治が晩年である一九三一年頃になっても「雨ニモマケズ手帳」に『妙行正軌』から『法華経』の抜き書きを数多行っていることを踏まえるならば、国柱会の教義を強く意識していたとみるのが自然であろう。[4]

またこの「手帳」には、「高知尾師ノ奨メニヨリ／法華文学ノ創作」［一三（上）・五六三］と記された箇所もある。これは賢治が国柱会幹部の高知尾智耀と面会した際、信仰をあらわすような創作を行うようすすめられたことを示している。[5] 以上から、賢治の創作の動機には国柱会が大きくかかわっており、トシが亡くなった一九二二年、およびその後のトシの死をめぐる創作を行っていた時期にも、賢治は国柱会会員としての自覚を保ちながら創作を行っていたとみるべきなのである。

この『妙行正軌』には、追善について記した箇所もある。のちに詳しく扱うが、賢治はトシの死に際し、ここに記された内容を遵守するよう行動したと考えられる。管見の限り、これは今まで指摘されてこなかった点であり、これに関する検証は、本書のオリジナルな作業となる。

トシの死が賢治の創作に深くかかわるであろうことは、厖大な蓄積のある賢治研究において、繰り返し指摘されてきた。中には、作品の読解から賢治とトシの関係にインセスト・タブーの気配を読み込み、それゆえに賢治の悲しみ方が尋常ならざるものになったのだとする説を提示するものもある。[6] しかし賢治は、少なくとも、トシに対する自身を「信仰を一つにするたつたひとりのみちづれのわたくし」［二・一四三］とあらわしている。ここではトシを主体に、道連れが賢治であると形容されている。賢治にとってトシは、創作意欲を掻き立てる単なるモチーフではない。賢治もまた、トシを思索と信仰の主体として捉えようとしていたとみるべきだろう。換言するならば、賢治自身の信仰に照らしながら、トシと向き合おうとしていたと考えられるのである。

その上で問題とすべきは、トシの死をめぐる賢治の創作が、繰り返しトシの死後の行方を問うものとしてあらわされているという点である。賢治が死後の転生を主題として創作を行っていることは、賢治研究において何度も注目されており、特に『日蓮聖人御遺文』からの影響が検討されてきた[7]。しかし本章で指摘するように、賢治は『日蓮聖人御遺文』だけではなく、『妙行正軌』からも強い影響を受けている。さらに、『妙行正軌』の内容に則って追善を行っても、賢治はトシの往生が確定したとは捉えていない。賢治は日蓮や国柱会の説く唱題成仏、即身成仏を素朴に信じてはいない[8]。そしてこの賢治の転生へのこだわりの要因は、本章で扱うように、国柱会の『妙行正軌』に則った追善を行うと同時に、女人成仏の問題に悩む過程を追うことで、はじめて明らかにできるものなのである。その際、追善にまつわる賢治のテキストのみでなく、賢治が実際にどのような行動を取っていたかをあわせて検討することも重要である。

よって本章では、まずトシの死に際する賢治の行動が、『妙行正軌』の内容に則ろうとするものであったことを確認する。そして、賢治がおそらくは追善の一環としていた創作をどのように行おうとしたのかを辿っていく。最後に、賢治の追善としての創作が〔手紙四〕に結実しているという見通しのもと、その理由を探っていく。

第一節　トシの死と『妙行正軌』

賢治はトシ臨終の翌日である通夜の日に、宮沢家の二階に籠っていた。「弔問客でごった返し、お通夜の食事を出すのに家族は追われた。宮沢家には下に浄土真宗の、二階に日蓮宗（国柱会）の仏壇があり、賢治はその御曼荼羅に祈り続け」〔一六（下）年譜篇・二四四〕ていたのである。また、宮沢家の菩提寺である真宗大谷派の安浄寺での葬儀には参列せず、トシの棺を火葬場に運ぶ際に町角から現れ、「〔火葬場は火事で焼けていたため、野天で〕安浄寺の僧侶がかんたんな回向をしたあと、賢治は棺の焼け終るまでりんりんと法華経をよみつづけ」〔一六（下）年譜篇・二四四〜二四五〕たとされる。

これらの行動について、『妙行正軌』から対応すると思われる箇所を抜き出してみよう。まず通夜の日の行動であるが、これは、「△諸慶讃（一般の祝賀典体に就て仏祖の加護昭鑑を仰ぎ奉る法要）」における「◎葬儀其他の仏事には酒食饗応を追善に混ずる陋風を改め教書を施すべし」の箇所ではないかと思われる。賢治が通夜の際に宮沢家の二階に籠ったことは、この『妙行正軌』の記述から、少なくとも「酒食饗応を追善に混ずる」ことを賢治が「陋風」と捉えていたためと解釈することが可能だろう。一方、「教書を施すべし」に対応する行動はここでは見受けられないものの、これよりのちの賢治の行動に、「教書」を念頭に置いたと推測できるものが見受けられるため、この箇所についてはのちの節で検討する。

さて、賢治が葬儀に参列しなかったのは、すでに大谷栄一が指摘するように[9]、『妙行正軌』中の

「本化妙宗信条　式目の法義を約行取要して左の五則十条の信条を定む」における「第七条　他教異宗の教義又は祭祀を信仰し及びこれに供養することを厳禁すべし」という項目を遵守したからだと考えられる。他宗の葬儀に参列することは、国柱会会員にとって謗法なのである。

ここではさらに、トシの棺を運ぶ際に賢治が町角から現れたこと、野天で棺を焼く間に題目を唱え続けたことにも注目したい。これは他教異宗の葬儀に加わることのできない賢治が、苦肉の策として、「△諸慶讃」における「◎途上にて葬儀に逢ふ時は相当の敬体を表し微音唱題して弔意を展ぶべし」とされたものを実践したものであると考えられる。先に述べたように、他宗の葬儀そのものに参列することは、『妙行正軌』において禁じられている。しかし、同じく『妙行正軌』において、「途上にて葬儀に逢ふ時は」、「微音唱題して弔意を展ぶ」よう記されているのである。

賢治は国柱会会員であるがゆえに、トシの通夜や葬儀に参加することができない。しかし、賢治がたまたま町角でトシの出棺に行き逢ったということであるならば、そのまま火葬に立ち会って唱題することも、先に挙げた「第七条」に反さず、『妙行正軌』の定めるところに十分従うものであると賢治は考えたのではないだろうか。以上をあわせ、賢治は『妙行正軌』の定めるところに則ったがゆえに、トシの通夜と葬儀に参列せず、出棺の途中から火葬に立ち会い、唱題したと考えられるのである。

妹を喪った兄が、通夜に一切顔を出さなかったことや、葬儀に参列しようとしなかったこと、そしてその妹の身体が焼かれていくとき、たったひとりで題目を唱え続ける兄の姿は、おそらく周囲に異様な印象を与えていたことだろう。しかしこれら賢治の一見奇矯に思える行動は、すべて『妙行正軌』の遵守という根拠を持つものだったと考えられるのである。

トシの死にまつわる賢治の行動として次に確認できるのは、国柱会の機関紙である『天業民報』の一二月二三日付の記事である。ここに「●金壱百円也　岩手宮沢賢治殿／右ハ令妹登志子遺志ニ依リ」と掲載されており、賢治がトシの「遺志」として国柱会に献金していることがわかる［一六（下）年譜篇・三三八］[10]。翌年一月、賢治は静岡県の国柱会本部を訪ね、納骨の手続きを行っている［一六（下）年譜篇・二五一～二五二］。

以上、トシの通夜と葬儀に際して賢治は、国柱会会員として、基本的には国柱会の儀礼・法要の行い方をまとめた『妙行正軌』に則って行動していたことがわかる。また、トシの名を挙げての献金や、国柱会本部に赴いて納骨の手続きを行っていることからも、トシを弔うために国柱会会員として可能な限りのことを行っていると言える。妹の通夜や葬儀に参列することより、国柱会会員として『妙行正軌』に則って行動することが優先されるほど、賢治の国柱会会員としてのアイデンティティは強いものだった。ただし、苦肉の策とも言えるような仕方で、解釈の隙間を縫って火葬に立ち会おうとするほど、妹を直接弔おうとする思いも、強いものであった。

そのような行動を取っていた賢治であるが、トシの死を扱う創作において、賢治はトシの転生先を問い続けている。『妙行正軌』における「葬儀表白文」には、帰るべき場所としての常寂光土《じようじやっこうど》が指定されているが[11]、賢治の創作からは、賢治がトシの死後の行方に確信を持っているようには見受けられない。賢治は通夜と葬儀に関して『妙行正軌』に則って行動したが、その行動によって、トシの死後の行方を確信することはなかったようである。

次節では、賢治がトシの死以前に、『法華経』を用いた追善を重視する発想を持っていたことを確認する。また、トシの死をめぐる創作についてものちに扱う。

第二節　『法華経』による追善

賢治は一九一四年に『法華経』に出会い、一九一八年頃を境に、天台教学的理解から日蓮教学的理解へと移行していく(12)。この一九一八年は、賢治が熱烈な法華信仰を表明し始める時期でもある。たとえば、同年二月二三日付の父・政次郎宛の書簡で、賢治は以下のように綴っている。

万事は十界百界の依て起る根源妙法蓮華経に御任せ下され度候。誠に幾分なりとも皆人の役にも立ち候身ならば空しく病痾にも侵されず義理なき戦に弾丸に当ることも有之間敷と奉存候。

［一五・四九～五〇］

これは自分の身は『法華経』の功徳により安全であるから、徴兵検査に反対してくれるなと嘆願する文脈のものである。またこの年の三月に親友である保阪嘉内（一八九六～一九三七）が盛岡高等農林学校を除籍されると、それを慰める目的の書簡［一五・五五～七二］において、『法華経』を読むことを強く保阪にすすめている。これらの書簡からは、『法華経』がすべての苦境に対して有効であるかのような賢治の解釈が読み取れる。

そしてこの一九一八年は、賢治にとって死を連想する出来事が続く年でもあり(13)、『法華経』による死者の追善を主張し始める年でもある。この年の六月一八日に、保阪の母親が亡くなる。それを知った賢治は保阪宛に何通か書簡を送っているが、それらの中には励ましと同時に『法華経』の書写を供えることによる追善をすすめるものがある。以下に一九一八年六月二六日付の書簡を引用する。

此の度は御母さんをなくされまして何とも御気の毒に存じます
御母さんはこの大なる心の空間の何の方角にお去りになったか私は存じません
あなたも今は御訳りにならない　あゝけれどもあなたは御母さんがどこに行かれたのか又は全く無くおなりになったのか或はどちらでもないか至心に御求めになるのでせう。
あなた自らの手でかの赤い経巻〔『法華経』〕の如来寿量品を御書きになって御母さんの前に御供えなさい。
あなたの書くのは御母様の書かれると同じだと日蓮大菩薩が云はれました。
あなたのお書きになる一一の経の文字は不可思儀《ママ》の神力を以て母様の苦を救ひもし暗い処を行かれゝば光となり若し火の中に居られゝれば（あゝこの仮定は偽に違ひありませんが）水となり、或は金色三十二相を備して説法なさるのです。　［一五・九二］

ここで賢治が保阪に『法華経』「如来寿量品」の書写をすすめている根拠が『日蓮聖人御遺文』であろうことは、すでに鈴木健司[14]や工藤哲夫[15]が検証を行っている。鈴木は登場する語句から『日蓮聖人御遺文』中の「上野尼御前御返事[16]」との類似を、工藤は同じく『日蓮聖人御遺文』中の「上野尼御前御返事」にくわえ、「法蓮鈔」(17)との類似を指摘している。「上野尼御前御返事」は、上野尼御前が自らの父親の追善について尋ねたものの返答として書かれており、烏龍・遺龍という中国の書家親子の故事を引き、題目の書写がいかに亡き人への功徳となるかを説いている。ここでは上野尼御前の父親の行き先として、「今こそ入道殿は都卒の内院に参り給フらめ」としている。また工藤が指摘する「法蓮鈔」の前半部は、「上野尼御前御返事」と同じく烏龍・遺龍親子の故事を引いて『法華経』による追善の功徳を説いたものであるが、後半部では「如来寿量品」が『法華経』中、最も枢要なものであることが繰り返し主張されている。先ほど紹介したように、賢治が保阪に書写をすすめているのも「如来寿量品」であるため、賢治は「法蓮鈔」中の「如来寿量品」強調の影響も受けていたのではないだろうか。また、この書簡において、賢治が保阪の母の死後の行方をわからないものとして提示していることにも注目できる。賢治の死者の行方についての問題意識の端緒は、この保阪宛の書簡から読み取れるのである。

賢治はこの「如来寿量品」の書写による死者の追善という発想を、一九二一年から二三年にかけて執筆したと推定される『ひかりの素足』〔八・二八一～三〇四〕という童話作品において示している。この作品のおおまかな内容をまずは紹介しておこう。

幼い兄弟が主人公であり、弟の楢夫が「風の又三郎」に死を予告され、怯える場面から始まる。その後、吹雪の中で遭難した兄弟は、いつの間にか「うすあかりの国」におり、鬼に鞭で打たれながら、足の裏を破るような地面を裸足で歩かされる。そこに「にょらいじゅりゃうぼん第十六」という声が聞こえてくる。兄の一郎がそれを復唱したことで、「ひかる素足」を持つ「大きなりつぱな人」が現れ、地面は平らかとなり、場が天界を思わせるものへと変貌する。[18]「大きなりつぱな人」は、兄の一郎に「お前は一度あのもとの世界に戻るのだ」と告げる。そうして兄は息を吹き返し、弟は事切れているというものである。

『ひかりの素足』については、工藤哲夫が『日蓮聖人御遺文』中の「十王讃歎鈔[19]」との構造の類似を指摘し[20]、「十王讃歎鈔」において肉親による『法華経』を用いた追善の功徳が何度も繰り返し強調されていることに注目する。「十王讃歎鈔」には、追善がなければ地獄行きだが、追善によって成仏する例が挙げられている。工藤はまた、「法蓮鈔」における「如来寿量品」の強調からも、賢治が『ひかりの素足』の着想を得たとしている。筆者もこれに同意する。

ここまでみてきたように、『ひかりの素足』は『日蓮聖人御遺文』から強い影響を受けつつ描かれたものである。この作品がトシの死の前後の期間に執筆されていたことからも、賢治が死者の追善を非常に重要な問題として意識していたことが推測できる。しかし賢治はこの『ひかりの素足』に、「凝集を要す　おそらくは不可」［八校異篇・一一七］の書き込みを添え、生前発表することがなかった。「如来寿量品」を用いた追善の物語は、賢治の没後まで日の目をみることがなかったのである。

本節では、賢治は日蓮教学的法華信仰に目覚めた頃から、『法華経』、特に「如来寿量品」を用いた肉親による追善という発想を持っていたことを確認してきた。それはトシの死の前後にあらわされた『ひかりの素足』という童話に、一旦は結実した。

賢治がそれを「おそらくは不可」のまま放置したのと同時期に、賢治はトシの死をめぐる創作を行っている。次節ではそれを扱う。

第三節　トシの行方

最初に注目するのは『春と修羅　第一集』における挽歌群である。トシの死を直接扱う作品は、「無声慟哭」における五篇（そのうち三篇がトシ臨終の日付を付されている）と、「オホーツク挽歌」における五篇の、合わせて一〇篇である。

トシ臨終の日付を付している作品には、「けふのうちに／とほくへいつてしまふわたくしのいもうとよ」（「永訣の朝」〔二・一三八〕）、「ああけふのうちにとほくへさらうとするいもうとよ／ほんたうにおまへはひとりでいかうとするか／わたくしにいつしよに行けとたのんでくれ／泣いてわたくしにさう言つてくれ」（「松の針」〔二・一四二〕）、「おまへはじぶんにさだめられたみちを／ひとりさびしく往かうとするか」（「無声慟哭」〔二・一四三〕）のように、トシが間もなく息を引き取るであろうことを、一人で遠くに行ってしまうと表現するものが続く。

これらには、「おまへがたべるこのふたわんのゆきに／わたくしはいまこころからいのる／どうかこれが天上のアイスクリームになつて／おまへとみんなとに聖い資糧をもたらすやうに／わたくしのすべてのさいはひをかけてねがふ」（「永訣の朝」〔二・一四〇〕）や、「どうかきれいな頬をして／あたらしく天にうまれてくれ」（「無声慟哭」〔二・一四四〕）などの表現もみられる。これらについて大谷栄一は、「輪廻転生の行く先を六道（天・人間・修羅・畜生・餓鬼・地獄）の〈天〉であることを祈る願望を表出[21]」したものだとしている。

続いて収録される「風林」には、「おまへはその巨きな木星のうへに居るのか」〔二・一四八〕という問いかけがみられ、「白い鳥」〔二・一五〇～一五三〕には、トシが白い鳥に転生しているイメージが綴られる。これはトシの畜生道への転生を示唆したものだと、大谷は指摘している(22)。なお、この「風林」と「白い鳥」の二篇は、のちに賢治自身の手入れによって削除されている。

「オホーツク挽歌」に収録された五篇は、一九二三年八月の「亡くなった妹トシとの交信を求める傷心旅行」〔一六（下）年譜篇・二五七〕の成果を記したものである。ここでも賢治は、トシの行方として何らかの他界を想定しようとしているが(23)、「とし子はみんなが死ぬとなづける／そのやりかたを通つて行き／それからさきどこへ行つたかわからない」（「青森挽歌」〔二・一六〇〕）と記すように、トシの行方を確信していない。

ここまでみてきたように、賢治は『春と修羅　第一集』において、トシの転生を前提とした創作を行っている。そしてその転生先が天であるよう祈るが、トシが天界へと転生したことを確信してはおらず、確信できないこととあわせて、創作上に表現し続けるのである。

賢治がトシの死以前から『日蓮聖人御遺文』を手がかりに、死者の行方と追善に思いをめぐらせていたことは、前節で紹介した保阪嘉内宛の書簡からも明らかである。賢治は友人・保阪の母親の追善に『法華経』、特に「如来寿量品」の書写を強くすすめている。しかし、実際に「如来寿量品」による追善の物語を著そうとしたとき、未発表のまま挫折するのである。

『日蓮聖人御遺文』中には、日蓮の転生観を探ることのできる説話や故事の引用が多く見受けられる(24)。本節では賢治のテキストと遺文との詳細な比較は行わないが、賢治がトシは転生を果たすと考えていることは確認しておく。

『春と修羅　第一集』以外にも、賢治がトシの死から着想を得ていると思われる、〔手紙四〕[25]〔一二・三一九〜三二二〕という作品がある。〔手紙四〕は、賢治とトシをモデルとしたと思われる、[26]兄チュンセと妹ポーセの物語である。妹が病死したのちのある日、兄は小さな蛙を石で打つ。すると妹が兄の夢に出て、なぜ（蛙に転生していた）自分を殺したのかと尋ねる。兄は妹の死後の行方を探さずにいられなくなる、という筋書きである。この作品は、以下のように結ばれる。

「チユンセはポーセをたづねることはむだだ。なぜならどんなこどもでも、また、はたけではたらいてゐるひとでも、汽車の中で苹果をたべてゐるひと〔で〕も、また歌ふ鳥や歌はない鳥、青や黒やのあらゆる魚、あらゆるけものも、あらゆる虫も、みんな、みんな、むかしからのおたがひのきや〔う〕だいなのだから。チユンセがもしもポーセをほんたうにかあいさうにおもふなら大きな勇気を出してすべてのいきもののほんたうの幸福をさがさなければいけない。それはナムサダルマプフンダリカサスートラ[27]といふものである。チユンセがもし勇気のあるほんたうの男の子ならなぜまつしぐらにそれに向つて進まないか。」それからこのひとはまた云ひました。「チユンセはいいこどもだ。さアおまへはチユンセやポーセやみんなのために、ポーセをたづねる手紙を出すがいい。」そこで私はいまこれをあなたに送るのです。

兄が死んだ妹の行方を尋ねることは「むだ」であり、妹を本当にかわいそうに思うならば、「すべてのいきもののほんたうの幸福をさがさなければいけない」のであり、そしてチュンセでもポーセでもないこの物語の語り手が、「このひと」に、「みんなのために、ポーセをたづねる手紙を出すがいい」と告げられたとするものである。『春と修羅　第一集』においてトシの死後の行方を問う創作を続けていた賢治だが、賢治はトシの死の翌年である一九二三年に、兄が妹の死後の行方を尋ねることを「むだだ」とする作品を著し、やや特殊な仕方で人の目に触れさせようとしている。これはどのような意図に基づいていたのだろうか。

ここで、第一節で取り上げた『妙行正軌』における追善の箇所に、「◎葬儀其他の仏事には酒食饗応を追善に混ずる陋風を改め教書を施すべし」というものがあったことを思い起こしたい。賢治はたしかに、宮沢家の二階に籠り、通夜の弔問客と酒食をともにしないことで、この前半部に従ったと言える。そして後半部の「教書を施すべし」に則った賢治の行動は、トシの通夜や葬儀からは見出せない。賢治はトシの追善のために、布教活動を何かしら行うべきであると考えたのではないだろうか。トシの死から着想した作品において、宗教的理想を掲げること、またそれを投函して歩くという行為が、賢治がトシの追善として行おうとしたものだったのだと推測することも、うがちすぎたものであるようには思われない。

なお、賢治が一時期には日蓮と同一視するほど熱烈な信奉を捧げていた田中智学[28]は、あまり輪廻や転生を語らない[29]。しかしここまでみてきたように、『日蓮聖人御遺文』に基づいてトシの転生を考え、創作にあらわすことと、『妙行正軌』に則って行動することは、賢治の中で矛盾なく併存していたと考えられるのである。

第四節　〈手紙四〉と〈手紙二〉

前節では、賢治が『妙行正軌』に則った追善として〈手紙四〉を配ったことを検証した。

ここで一つ疑問が生じる。トシの追善のための「教書」として配られたと推測される〈手紙四〉のストーリーは、なぜ蛙に転生した妹を打ち殺すものでなければならなかったのだろうか。筆者はこれを、賢治が女人成仏〈往生〉の問題を意識したためであったと考える。(30)

トシの臨終を描いた「永訣の朝」は、実は複数のバージョンが残されている。(31) 賢治が初版本に大幅な書き込みを行った通称「宮沢家本」において、トシが末期に食べた雪についての記述である「天上のアイスクリーム」は、「兜卒の天の食」〔二・三五六〕へと改稿されている。これについて池川敬司は、トシが女人のまま兜率天の天女に転生することができる可能性のゆえであるという説を示している。(32)

『日蓮聖人御遺文』中には、「女人往生鈔(33)」のように『法華経』のみが女人成仏〈往生〉を可能とすると説く箇所があり、賢治はおそらくこれも読んでいたと考えられる。『法華経』に基づいて女人成仏を祈るのであれば、龍女の変成男子《へんじようなんし》がすぐさま連想される。しかし、賢治は、トシを念頭に置いたと思われる女の登場人物が、男の肉体に変成する物語を描かない。池川説には一定の正当性があるように見受けられる。

トシの死をめぐり、賢治が女人成仏〈往生〉の問題を意識した可能性は、それ以外のアプローチを用いても検討するべきだろう。

一九二〇年九月一二日、賢治は妹のシゲ（一九〇一〜八七）・クニ（一九〇七〜七九）を引率して岩手山登山に赴く〔一六（下）年譜篇・二〇四〕。この登山は父・政次郎（一八七四〜一九五七）の発案である。当時の政次郎の発言として記録されているものに、以下のようなものがある。

女トイフモノハ、カワイソウナモノダ。コンド生レカワッテクルトキハ、オ前タチヲオンナデハナク、男ニ生レテ来サセタイ。霊山デアル岩手山ニ登ッテ、神仏ニ祈願スレバ、来生ハ男ニ生マレルコトガデキル(34)。

これは、娘たちが来生で男に転生できるよう祈る発言である。なお、このときトシは、おそらく体調の問題からか登山に同行していない。賢治がこの岩手山登山について語ったものは管見の限り見当たらず、父と賢治が女人成仏（往生）や女人の罪障についてやり取りしたものも見当たらないが、少なくともこの登山に関して、賢治が父の要望に沿った行動を取っているとみなすことはできる。

次に、〔手紙二〕〔一二・三二五〜三二六〕という作品を紹介したい。先に取り上げた〔手紙四〕には、執筆時期・配布時期ともに不詳の同形式の文書がもう三種類存在する。そのうち〔手紙二〕は、「アショウカ王」（アショーカ王）が、「ガンヂス川」（ガンジス川）を逆流させることができる者はいるかと問い、ビンヅマティーという娼婦が名乗りを上げ、祈りを捧げることで川を逆流させるという筋書きである。自分を買う者にはみな「おなじく」仕えるという「まことのこころ」のゆえであると、ビンヅマティーは語る。

この〔手紙二〕が賢治研究において取り上げられることは少ない[35]。出典として、賢治が所持していた『国訳大蔵経』経部第一二巻における「国訳弥蘭陀王問経」において、「阿育大王〔アショーカ王〕」が「恒河〔ガンジス川〕」を逆流させることができるかと問い、「瀕図摩帝〔ビンヅマティー〕」がそれに答えるという、ほぼ同じ筋書きの箇所[36]があるため、それだと推測できる。賢治自身は、配って歩きたいほどこの娼婦の物語にこだわった理由を述べていない。ただ、「いやしい」「不義で、みだらで、罪深」「畜生同然」の女が、「まことの力」を示す物語[37]を選んだことに、何らか仏教と女性に関する賢治の考えをみてとることはできるだろう。

賢治が具体的に女人成仏や女人往生について語ったものは残されていない。しかし、今まで賢治が参照したことをある程度確定できると検証されてきたものにおいて、追善の成功例は、男に対するものが多い。「上野尼御前御返事」や「法蓮鈔」に登場する烏龍・遺龍親子の故事は、息子が父親を祈るものであり、日蓮のすすめによって上野尼御前が追善しようとしているのも自身の父親である。賢治が描いた『ひかりの素足』も、兄が弟の追善を行う物語であった。そして、賢治は創作上でトシの行方に確信を持つことはなく、兄が妹の行方を問うことは「むだ」であり、「すべてのいきもののほんたうの幸福」を求めるべきだとする。ここで、「すべてのいきもののほんたうの幸福」を追うべきである兄チュンセに、「ある人」がかけた言葉を、いまいちど確認したい。

チユンセがもし勇気のあるほんたうの男の子ならなぜまつしぐらにそれに向かつて進まないか。

チュンセは「ほんたうの男の子」として発破をかけられているのである。

病を得て罪なく死んだ妹は、蛙に転生した上で、兄の手によって再び打ち殺される。それと知らず妹を殺した兄は、「勇気のあるほんたうの男の子」としての使命を与えられる。物語上の妹の役割と兄の役割は、大きく異なっているのである。

先に引用したように、賢治はトシに対し、自身を「信仰を一つにするたつたひとりのみちづれのわたくし」と述べていた。しかし実のところ、トシが亡くなり、トシ自身の言葉が紡がれなくなってからの賢治は、女人であるトシが上位転生を果たせない可能性に苦悩していたと考えられるのである。そうして賢治は、畜生に転生してしまったかも知れないトシをも救うためにこそ、「すべてのいきもののほんたうの幸福」を追い求めるべき理想としたのではないだろうか。トシが畜生になってしまったのなら、畜生ごと救えばいいのである。

賢治自身は具体的に女人成仏を語らない。女人の罪障を強調するものも書き残していない。しかし、〔手紙二〕における娼婦の造形や、〔手紙四〕における兄妹の描写から、賢治が女性の仏教的な救済に困難を見出していた可能性を指摘できるだろう。

結

本章ではまず、賢治がトシの葬儀に際して、『妙行正軌』の追善にまつわる内容を遵守する行動を取っていた可能性を指摘した。次に、賢治がトシの死以前から『日蓮聖人御遺文』を手がかりに『法華経』による死者の追善を主題とした創作を行おうとしていたことを確認した。そして、賢治が『日蓮聖人御遺文』中の転生観に影響を受けつつ、トシの死後の行方を主題とする創作を行うも、トシの死後の行方に結局は確証が持てなかった過程を概観した。そしてのちに〔手紙四〕を配ったことも、トシの追善を意図したものだったと見立て、さらに、賢治が〔手紙四〕において「すべてのいきもののほんたうの幸福」を追い求めるべきだとしたのが、トシの転生先が畜生道である不安を反映しつつ、宗教的理想を追い求めたものであった可能性を指摘した。

ここまでみてきたように、賢治はトシの追善を意識しつつ、トシの死後の行方を「わからない」と表白し続けた。賢治自身はそれを、追善が不十分であるゆえだと考え、創作を重ね続けたのかも知れない。あるいは、女人であるトシの死後の行方を祈ることについては、「すべてのいきもののほんたうの幸福」の中に含めていくしかないという結論を、〔手紙四〕において打ち出しているとみることもできるだろう。賢治のテキストの多くは生前未発表だが、賢治はこの〔手紙四〕を配り歩いている。この〔手紙四〕は、賢治自身によって、他者の目に触れさせるだけの価値があると認められているのである。

〔手紙四〕で打ち出された「すべてのいきもののほんたうの幸福」は、賢治のその後の創作である『銀河鉄道の夜』における「みんなのほんたうのさいはい」〔一〇・一七三〕にも引き継がれるテーマとなる。賢治の作品に通底する他者への祈りの端緒は、家族であるトシの追善を行ったことにあった。そしてそれは、国柱会の教義を意識しつつ、彼の法華信仰に基づいて深められた思索の軌跡から辿ることができるものなのである。

註

（1）田中智学『妙行正軌』（師子王文庫、一九〇三年初版）。本章では、一九一五年の第一五版を参照した。
（2）加藤文雅編『日蓮聖人御遺文』（祖書普及期成会、一九〇四年）。
（3）小倉豊文『「雨ニモマケズ手帳」新考――宮沢賢治の手帳研究』（東京創元社、一九七二年）。
（4）大谷栄一「戦前期日本の日蓮仏教にみる戦争観」（『公共研究』第三巻第一号、二〇〇六年）、八〇頁。
（5）高知尾智耀「宮沢賢治の思い出」（『真世界』第五七五五号、一九七六年）、三〇頁。
（6）福島章『宮沢賢治――芸術と病理』（金剛出版、一九七〇年）など。なお、福島の解釈には問題がある。福島はトシが恋慕の情を抱いて苦しんだ相手として、肉親である賢治を想定する。しかしトシの恋愛事件の相手が花巻高等女学校の音楽教師であったと、当時の『岩手民報』による報道から特定できることが、山根知子によって指摘されている（『妹トシの拓いた道――「銀河鉄道の夜」へむかって』〈朝文社、二〇〇三年〉）。
（7）賢治の死生観を扱う先行研究として、たとえば、賢治が『倶舎論』に注目していたことを指摘する小野隆祥『宮沢賢治の思索と信仰』（泰流社、一九七九年）や、『日蓮聖人御遺文』からの影響を指摘する栗原敦『宮沢賢治――透明な軌道の上から』（新宿書房、一九九二年）、鈴木健司『宮沢賢治　幻想空間の構造』（蒼丘書林、一九九四年）、工藤哲夫『賢治考証』（和泉書院、二〇一〇年）などを挙げることができる。
（8）賢治の他界観については、大谷栄一「近代法華信仰にみる浄土観の一断面――宮沢賢治の場合」（池見澄隆編著『冥顕論――日本人の精神史』〈法藏館、二〇一二年〉、三六五～三九一頁）が詳しい。
（9）同前書、三七三～三七四頁。
（10）なお、トシが国柱会に献金してほしいと願った遺言などは見つかっておらず、これが実際のトシの遺志を受けてのものなのか、賢治の独断であるかについては、資料の制約上確定することが難しい。
（11）前掲註（8）大谷「近代法華信仰にみる浄土観の一断面」、三七八頁。
（12）大平宏龍「「法華経と宮沢賢治」私論」（『文芸月光』第二号、二〇一〇年）、六〇～七七頁。大谷栄一「〈国土成仏〉という祈り――宮沢賢治と日蓮主義」（『ユリイカ』第四三巻第八号、二〇一一年）、一八六～一九五頁。
（13）親友である保阪の母親が亡くなったほか、賢治自身が六月三〇日に肋膜炎の診断を受け、「わたしのいのちもあと十五年はあるまい」と予感している〔一六（下）年譜篇・一五七〕。実際、賢治は一五年後の一九三三年に命を落とす。またこの年の一二月には、トシがスペイン風邪を患って入院している〔一六（下）年譜篇・一六八〕。
(14)　前掲註(7)鈴木『宮沢賢治　幻想空間の構造』、七〇～七三頁。
(15)　前掲註(7)工藤『賢治考証』、一二八～一三二頁。
(16)　『御遺文』、二九七五～三〇八七頁。
(17)　同前書、一一四八～一一七二頁。
(18)　「上野尼御前御返事」に「都卒の内院」が登場すること、『ひかりの素足』中の天人が登場し音楽を奏でる描写などから、賢治が兜率天を意識していた可能性を指摘できる。
(19)　『御遺文』、五四～八〇頁。
(20)　前掲註(7)工藤『賢治考証』、一～五六頁。
(21)　前掲註(8)大谷「近代法華信仰にみる浄土観の一断面」、三七四～三七五頁。
(22)　同前、三七五頁。
(23)　同前、三七五～三七六頁。
(24)　『御遺文』中の転生観については、高森大乗「日蓮遺文にみる輪廻転生（仏教の生死観）」（『日本佛教学会年報』第七五号、二〇〇九年）、二九五～三〇八頁が詳しい。高森は『御遺文』中に引用された、人間界衆生が天上界へ転生した事例（上位転生）や、人間界から地獄界や畜生界へ転生した事例（下位転生）を検討し、整理している。
(25)　通称〔手紙〕と呼ばれる四種類の文書の一つ。いずれも無題のままで活版印刷され、別々に匿名で郵送されたり、手渡しされたり、中学校の下駄箱に入れられたりしたと言われる〔一二校異篇・二一一〕。そのうち〔手紙四〕のみが一九二三年頃に配布されたと推定されている〔一二校異篇・二一二〕。〔手紙一〕〔手紙二〕〔手紙三〕は、一九一九年頃の配布であると推定されている（伊藤真一郎「〔手紙一、二、三、四〕」〈佐藤泰正編『宮沢賢治必携』〔学燈社、一九八〇年〕〉参照）。

(26) 病死する妹が、兄の採ってきた雪を食すなど、トシ臨終の場面をなぞるような描写が見受けられる。
(27) 題目を梵語原音に写そうと試みたものであると考えられる（松山俊太郎「「宮沢賢治と蓮」覚書」〈大島宏之編『宮沢賢治の宗教世界』［北辰堂、一九九二年］〉、三四五〜三八〇頁）。
(28) 一九二〇年一二月二日付の保阪嘉内宛の書簡において、賢治は、「今度私は／国柱会信仰部に入会致しました。即ち最早私の身命は／日蓮聖人の御物です。従って今や私は／田中智学先生の御命令の中に丈あるのです。／謹んで此事を御知らせ致し　恭しくあなたの御帰正を祈り奉ります。」［一五・一九五〜一九六］と述べている。
(29) 一九〇三年から〇四年にかけて行われた本化妙宗研究大会における田中智学の講義を記録し、加筆した『妙宗式目講義録』全五巻（のち『本化妙宗式目講義録』、さらに『日蓮主義教学大観』と改題、以下『大観』と表記）には、智学が自身の過去生（ロシア人の学者など、いずれも人間）について言及する箇所があるが、自身の来生について述べている箇所は、管見の限り見当たらない（『大観』、一四六八〜一四六九頁参照）。
(30) 高橋直美「「無声慟哭」「オホーツク挽歌」作品群の解釈をめぐるいくつかの問題点――トシ成仏の可否をめぐる賢治の煩悶」〈『宮沢賢治研究 Annual』第二号、一九九一年〉、二八二〜二九三頁）が、賢治が女人往生を意識していた可能性を、『大日本国法華経験記』と「青森挽歌」との比較から指摘している。
(31) 詩集『春と修羅』は、一九二四年四月二〇日、関根書店を発行所として刊行された。賢治はその後、手もとの何冊か（冊数不明）に加筆・削除などの手入れを施した。このうち、現在知られているものは、「宮沢家本」「故菊池暁輝氏所蔵本」「故藤原嘉藤治旧蔵本」の三冊である。
(32) 池川敬司『宮沢賢治とその周縁』（双文社出版、一九九一年）、六一〜七九頁。また関連して、日本の説話文学の複数の有名作品において、女人の転生は天界と人間界を行き来するものであったことが、丁莉「女性たちの転生と「謫生」――説話と物語のありよう」（張龍妹・小峯和明編『アジア遊学　女性と仏教と文学』〈勉誠出版、二〇一七年〉）、六〇〜六六頁において指摘されている。
(33) 『御遺文』、四七〜五三頁。
(34) 森荘已池『宮沢賢治の肖像』（津軽書房、一九七四年）、二二一頁。
(35) 先行研究として、久保田正文「三つの手紙について」（『四次元』第五〇号、一九五四年）、一一九三〜一一一九九頁がある。なお久保田は「この話は仏典に「貧女の一灯」として出ている」とするが、その「仏典」が何であるかは示していない。たとえば、河崎顕了・長等神立『因縁聖話――蔵経新訳』（興教書院、一九〇八年）には、「貧女の灯」という章が設けられているが、これは「難陀」という女乞食が「大誓願」を起こし灯明を捧げ、それが燃え続けたという奇跡を紹介するものである。女による誓願と奇跡という点は共通するが、女の名前と職業が異なること、「アショウカ王」も「ガンヂス川」も登場しないことから、〔手紙二〕と同内容とみなすには無理がある。

(36)　国民文庫刊行会編『国訳大蔵経』（国民文庫刊行会、一九一八年初版）。本章では一九三五年の第四版を参照した（一九六～一九九頁）。

(37)　本章における〔手紙二〕のあらすじや娼婦の形容を示す際の「　」付きの用語は、すべて賢治自身が〔手紙二〕の中で実際に用いているものである。

第四章

玄米四合の理想

――森鷗外、そして母・イチ――

一日ニ玄米四合ト
味噌ト少シノ
野菜ヲ食ベ

——［雨ニモマケズ手帳］［十三(上)・五二一～五二五］

序

宮沢賢治は生涯のある時期、菜食を実践したことで知られる。近年では、賢治の菜食実践について、現代的な問題意識に即した読解も行われている。たとえば伊勢田哲治は、賢治の菜食は動物倫理的な動機によるものだとしている。賢治がすべての動物たちに慈しみを持ち、農耕を通じて大地と交歓していたというイメージを伴わせながら彼の菜食実践を論じる研究も登場している。

賢治が菜食を実践した動機は、彼の「やさしさ」や近代化への批判的な視座にあったとするこういった論考は、ある種の聖人として宮沢賢治という人物を描いていく受容史とも切り離せないものである。なぜならそれらは、賢治の行動やテキストに現代的な問題意識をそのまま投影して読み込んでいく恣意的な営みであり、賢治の置かれた時代状況を考慮せず、実際の彼の意図からはいくらか離れたものとなっているからである。

では、実際はどうだったのか。

賢治の実践や創作の根底に仏教の信仰があることは、すでに多くの先行研究の指摘するところであり、本書でもその一側面をここまで明らかにしてきた。また、賢治は盛岡高等農林学校（現・岩手大学農学部）の卒業生であり、卒業後は助教に推薦されてもいる。そのテキスト上にも当時の最先端の科学用語が鏤《ちりば》められており、賢治自身が「信仰も科学と同じようになる」と記していることから、その創作において信仰と科学の両側面から、何らかの意図が込められていたとみるべきだろう。

そして何よりもまず、そもそも賢治が生きた近代に、菜食がどのように論じられ、位置づけられていたのか、その点を確認することが重要であろう。

一八七一年、宮中において肉食が解禁されたことに象徴されるように、[6]西洋文化を積極的に取り込もうとする「文明開化」は、日本の食生活に大きな変容をもたらした。肉食の受容は宗教思想とも無関係ではなく、たとえば一八七二年の「自今僧侶肉食妻帯蓄髪等可為勝手事」（今より僧侶の肉食・妻帯・蓄髪等勝手たるべき事）の太政官布告（いわゆる「肉食妻帯令」）は、それまで肉食を厳禁としていた仏教界に大きな衝撃を与えている。

このように肉食が普及していく時代において、そのカウンターとして菜食に積極的な意義づけが各方面からなされたであろうことは、想像に難くない。そして賢治が菜食を選び取ろうとし、それを創作上にも反映させようと試みたのも、このような時代背景があったためではないかと考えられるのである。

そこで本章では、近代日本における肉食と菜食をめぐって知識人たちから出された言説を確認する。この作業を通じて、賢治が菜食実践に至る動機や創作における意図・構想を、現代的な問題意識ではなく、近代という枠組みの中で捉え直すことを目指したい。またその際、従来の賢治研究では注目されることの少なかった賢治とその母・イチとの接点についても、いささかの指摘をしておきたい。

第一節　食の変容と栄養学――諭吉の肉、鷗外の米

では早速、日本の近代において、知識人たちが食について論じたものを確認していこう(7)。

先に紹介したように、明治の初頭、宮中での肉食禁止令が解かれた。近代以前から、米は清く尊い食べ物で、肉は穢れた食べ物だとする価値観が広く日本中に浸透していたため、稲すなわち米にまつわる祭祀を司る天皇が、穢れである肉を口にすることは一部の国民に大きな衝撃を与えた。一例として、解禁の翌年である一八七二年には、木曽の御嶽行者による皇居侵入事件が起きる(8)。これは肉食禁止令を復活させることなどを盛り込んだ意見書の提出を目的としたものである。

このような反発もあったが、その一方で、肉食の普及を目指す言説も登場する。たとえば、近代化を強く推し進めるために肉食を奨励した代表的な知識人に、福沢諭吉（一八三五～一九〇一）がいる。福沢は自身が創刊した新聞『時事新報』に匿名でコラムを執筆していたが、一八八二年一二月一五日には「肉食せざるべからず」のタイトルで、肉食の効能を説いている。これは栄養の点から肉食を奨励し、牛肉や牛乳は決して穢れたものではないと強調するものである。福沢自身も牛肉を非常に好み、まだ一般人が出入りしようとしない頃から、牛肉料理店に入り浸っていたという。福沢の肉食にまつわる主張は、仮名垣魯文《かながきろぶん》（一八二九～九四）の『安愚楽鍋』(9)などの戯作に取り入れられ、一定以上の影響力を持つものとなる。福沢はまた、たびたび米にまつわる論考も著している。たとえば一八九八年には、『時事新報』に「日本の米」を執筆している。ここでは、日本の気候は本来稲作に適さない

ため、米は輸入に切り替え、その代わりに茶葉など輸出の需要が見込める作物を栽培するべきであるとする。そうして貿易に力を入れることによって、経済成長を遂げるべきであると主張しているのである。福沢は米（の自給）よりも肉（の普及）を重視していたと言える。

肉食に関しては、先に紹介したように、仏教界にも衝撃が走っている。一八七二年の「自今僧侶肉食妻帯蓄髪等可為勝手事」の太政官布告は、僧侶のアイデンティティに深刻な危機をもたらすものであった。[10] たとえば真言宗僧侶の釈雲照《しゃくうんしょう》（一八二七〜一九〇九）は、これを到底受け入れることができないとし、繰り返し政府にはたらきかけるも、受け入れられなかった。雲照は一八八四年に「十善会」を結成し、機関誌『十善宝窟』を発行するなどして、独自の戒律復興運動に力を入れていくこととなる。[11]

また、賢治が入会した国柱会の主宰であり、在家主義の立場を取った田中智学も、「仏教僧侶肉妻論」（一八九一年）などを著すことにより、仏教者にとっての肉食の位置づけを行おうと、繰り返し試みている。『本化妙宗式目講義録』[12]（のち『日蓮主義教学大観』に改題、以下『大観』と略）にも、肉食と菜食について論じた箇所がある。智学の言説は賢治に大きな影響を与えている。仏教をベースに激しい表現で肉食を戒め、菜食をよいとする点である。これについてはのちに詳しく扱う。

次に、石塚《いしづか》左玄《さげん》（一八五一〜一九〇九）が提唱した「食養」の思想にも注目したい。石塚は陸軍の薬剤監・軍医であるが、学問としての栄養学の成立に先駆け、食物と心身の関係を理論化し、医食同源としての「食養」を提唱した人物でもある。石塚は菜食主義者ではないが、バターや肉を重視する西洋的な食事が日本でもてはやされる風潮に異を唱え、『化学的食養長寿論』（博文館、一八九六年）

において、人間は穀食動物であるため、穀類を重視すべきであると主張した。また『食物養生法——一名・化学的食養体心論』（博文館、一八九八年）の冒頭部には、肉食動物は「終始他の動物を惨殺する酷薄の資性」を持つとし、人間の精神も食によって養われるとの考えから、「菜多肉少」のバランスがよいとしている。石塚の食養思想には、「食本主義」（食が心身を作る）、「身土不二《しんどふじ》」（住まう土地の旬のものを食すべき。仏教用語の「身土不二《しんどふに》」とは読みと意味を異にする）、「陰陽調和」（陽性のナトリウム、陰性のカリウムを含む食事をバランスよく摂るべき）、「一物全体」（一つの食品についてはそれを丸ごと食べるべき。白米は滓《かす》であるため、玄米がよい）などの主張も含まれる。

石塚は内務省の支援を受け、一九〇七年に「食養会」を設立する。食養会は華族・陸軍高官・政治家・財閥などから、多くの信奉者を得た。この食養の思想は、桜沢如一《さくらざわゆきかず》（一八九三～一九六六）[13]によって発展的に継承され、現代のマクロビオティック[14]へと連なる。

肉食を重視した福沢とは対照的に、また玄米食を重視した石塚とも対照的に、精白米を重視した知識人もいる。陸軍軍医でもあった森鷗外（一八六二～一九二二）である。鷗外はドイツ留学を経て帰国したのち、『医事新聞』に「日本兵食論大意」（医事新聞社、一八八六年）を著わす。ここではタンパク質と脂肪とデンプンに注目したカロリー計算に基づき、日本食の優秀さが主張されている。鷗外は、軍で支給する食事は、大日本帝国海軍で行われていたパン食ではなく、白米を中心とするべきだとし、その際の試算も記している。鷗外の試算によれば、たとえば在営兵卒の一日の食事は、精白米四・三合、（植物性タンパク質の場合は）豆腐四〇〇グラム、味噌六〇グラム、野菜一〇〇グラム、漬物三〇グラムである。賢治は「雨ニモマケズ」において、一日の食事の理想を「玄米四合ト味噌ト少シノ野菜」と記しているが、これが鷗外の試算といくらか似た構成であることも、賢治が鷗外のテキストを読んでいた可能性とあわせて指摘されている[15]。賢治が鷗外に影響を受けた可能性や、鷗外と賢治で白米と玄米の違いが現れていることについては、当時の脚気の原因にまつわる論争とあわせ、のちの節でもう一度扱う。

以上、雑多ではあるが、近代日本における肉食と菜食にまつわる言説のいくつかを確認した。肉食の普及は、流入する西洋文明の象徴として、また西洋に追いつこうという戦略の一環として捉えられてもいた。それに対し、神道や仏教など、宗教界の一部から強い反発が起こる。また、石塚や鷗外など、科学的な思考に基づいて菜食の有用性を説こうとする言説も現れる。近代における食にまつわる言説には、〈肉食〉対〈菜食〉という対立項に、〈西洋〉対〈東洋〉の構図が重ねられ、意識されていることもうかがえるのである。

食の問題は、国民意識・民族意識ともかかわっていく。次節ではその一例として、賢治が一時期熱烈に信奉した田中智学と、智学の国柱会とかかわっていたフランス人神学博士のポール・リシャール(Paul Richard, 1874–1967)[16]による菜食にまつわる言説を扱う。

第二節　リシャールと智学――西洋の肉食、東洋の菜食

前節で扱ったように、日本における肉食の普及に対抗するかのように、菜食への積極的な意義づけも行われた。田中智学もまた「万国禁肉会」を組織し、世界中に仏教思想に基づく菜食を広めたいと

述べており、これは賢治の『ビヂテリアン大祭』という作品の着想のもとになったと考えられる。[17]これと関連し、一時期日本に滞在し、国柱会と接点を持っていたポール・リシャールが菜食について書いたものを紹介したい。

リシャールは、ユグノー派[18]牧師の息子として生まれ、兵士、プロテスタント牧師、弁護士、フリーメイソン会員（当時のフリーメイソンは反カトリックの人権派であった）、パリの心霊サークルへの出入りを経て、ルクソル・ヘルメス主義者協会（the Hermetic Brotherhood of Luxor）という神秘主義団体の主宰であるマックス・テオン（Max Théon）、またはアイア・アジズ（Aia Aziz, 本名ルイ・マクシミリアン・ビンシュタイン〈Louis-Maximilien Bimstein, 1847–1927〉）というポーランド人の下で修行を行っていた人物である。リシャールはここで、のちに妻となるミラ・アルファッサ（Mirra Alfassa, 1878–1973）と出会い、二人でサークルを抜ける。

一九一〇年にはインドのフランス領ポンディシェリを訪れ、「賢者」を求めて神智学協会本部[19]にいたジッドゥ・クリシュナムルティ（Jiddu Krishnamurti, 1895–1986）[20]や、反英独立運動家・宗教家・霊性指導者のオーロビンド・ゴーシュ（Sri Aurobindo Ghose, 1872–1950）など、神秘主義・オカルティズムの名士たちと交流を持つ。日本においても岡田式静坐法[21]が多くの知識人を惹きつけたように、近代において、知識人が既存の宗教以外を積極的に求めることはままあるが、リシャールもその一例と言うことができる。

リシャール夫妻は一九一六年、旅行目的で日本を訪れた際、日本を非常に気に入ったため、そのまま滞在を四年間延長したという。その際、『告日本国』（大川周明訳、山海堂出版部、一九一七年）を著すほど、日本の精神性に深く感激したとされる。『告日本国』には、「新しき科学と旧き智慧と、ヨーロッパの思想とアジアの精神とを自己の内に統一せる唯一の民！」などの力強い呼びかけが散見される。大意として、ヨーロッパ文明は終焉を迎えつつあるが、アジアからは新しい文明が興りつつあるとし、高度な精神性を持つアジアの国、特に日本には、世界を導く使命があるという主張がなされる。同書を含むリシャールの著作を複数翻訳したのが、アジア主義を唱えたことで知られる大川周明（一八八六～一九五七）である。リシャールは、物質文明に堕した西洋と高度な精神性を持つ東洋という対立図式や、霊性を強調することで西洋に対抗しようとする民族運動について、インドで得た知見を、日本のアジア主義者たちに伝えたと推測できる。

リシャールは田中智学や国柱会とも交流があり、国柱会の機関誌『天業民報』に、「私の菜食主義」(22)のタイトルで全四回の連載を行ったことがある。ここではまず、リシャールが体調不良と医師のすすめをきっかけに菜食を行うようになったこと、インド生活の中で菜食が定着したことを紹介する。その後、肉を食べることは穢れであり罪であるとする主張が披瀝されていく。リシャールは強い言葉で肉食のおそろしさを語っており、それはたとえば、以下のようなものである。

生命は即ち神です、生物は全て神に似て造られたものです、〔中略〕人間が人間を食ったらどうなりますか、これを食人鬼として人間の部類から度外しなければならないと主張する文明人が、なぜ他の動物を食ふ事を許されるのです、少しも正当の理由がない(23)。

リシャールは自身がさまざまな宗教に触れたこと、しかしそれらの宗教において肉食が禁じられる理由について詳しく研究したことはなく、ただ自分の考えのみであると断った上で、このように述べている。

一方でまた、リシャールは子牛をうまそうだと思うのは、人間の幼子に涎を垂らすようなものであり、それは鬼の所業だとし、「鬼を怖れ呪う人間が子牛を見てうまさうだと考えることはなんという矛盾でしょう」とも述べている。この記述は、智学が『大観』において、肉食を強く否定した箇所を連想させるものである。その箇所を以下に引用する。

もともと一切衆生は同類である、おなじ感情あるものである、おなじ感情の同類の肉を食ふという心は、これ漸々に人間をも養ふ食人鬼となるべき下地である、現今の世の如き牛馬のやうなものまで殺して甘いからとて食ふ、この心はやがて自分の親や子をも食ふ心である、実際にはまだ食うて居なくツても、仏の御眼より見たまへば、老たる親や、頑是ない赤子をも食ひかねないほどである、そこで仏は大乗においては、肉食を厳しく誡められたのである。(24)

智学とリシャール（の翻訳）は、ともに「食人鬼」という用語を用いている。また、「幼子」と「赤子」、「子牛」と「牛」など表現も似通っている。リシャールが「神」を持ち出すところで、智学が「仏」を持ち出しているという違いはあるが、類似点は多い。

このように強い言葉で肉食を否定するリシャールであるが、場合によっては肉食、しかも人肉食も肯定されうると述べてもいる。

人類のみが神の仕事を行い得るものである。それだけの特別なる使命に対してはまたそれだけの特別なる権利、神聖なる権威といふものが他の動物の上に存在すべきこと勿論であります。若し尊貴なる使命を自覚して、神の前に恥じないものであるならば、人間を殺して食っても差し支へないと思ひます。

ここには、「尊貴なる使命を自覚」した場合は、「〔動物は言うまでもなく〕人間を殺して食っても差し支へない」という過激な内容が記されている。実は智学も、一部の場合においては肉食を肯定している。比較のため、智学の『大観』から該当の箇所を引用する。

されば肉食の前に、食はれる肉よりも食ふ人間の価値が先づ問題である、此の如く観察して、此身に大法護持の浄業懸かれり、此身に精力余りあれば、ます〳〵この法華の大法を弘通するを得となるとき、薬用で喫する牛羊魚鳥の肉は直ちに法華行者精血と精気となりて此法を護持して、肉はさながら法華経化するのである、〔後略〕(25)

この智学のテキストとリシャールを比較した場合、「尊貴なる使命」と「法華行者」が対応し、類似する論理構造であるとみなせる。

『大観』がリシャールの来日以前に発表されていることから、ここで二つの推測が可能となる。一つは、リシャールが智学の言説に触れ、それを自分流に解釈した上で、「私の菜食主義」を著した可能性である。もう一つは、翻訳者の星野梅耀が国柱会内部の人間であることから、『大観』の記述を踏まえながら「私の菜食主義」を翻訳した可能性である。資料の制約上、この推測を検証することは難しいが、少なくとも、菜食にまつわる言説において、リシャールと国柱会との間になんらかの影響関係があったことは間違いない。

西洋人であるリシャールが、インドを経て滞在した日本において菜食を主題化したことには、前節で扱ったような〈西洋〉対〈東洋〉、〈肉食〉対〈菜食〉の構図をいまいちど見出すことができる。そして、リシャールが『告日本国』を著した人物であることも合わせると、〈西洋〉対〈東洋〉、〈肉食〉対〈菜食〉の構図に、〈物質文明〉対〈精神性（霊性）〉の構図も重ねうるものとなっていることが看取できるのである。

以上、本節では賢治が信奉した田中智学や、智学と接点のあったポール・リシャールの肉食と菜食にまつわる主張を確認した。前節で指摘したように、日本の近代における肉食と菜食の位置づけは、〈西洋〉対〈東洋〉、〈物質文明〉対〈精神性（霊性）〉の対立構造と、ある程度重ね合わせることができるものとして捉えられていた。リシャールと智学による言説も、その顕著な一例であるとみなせるのである。

結

ここまで、肉食と菜食について、政治・科学・宗教的な背景を持ちつつ提出された言説を確認してきた。そこには、〈西洋〉対〈東洋〉という、非常に近代的な問題意識が反映されていたことがここから読み取れ、賢治の菜食もそのような時代背景において実践されていたことはその動機を考える上で重要であろう。最後に、本書の主人公である宮沢賢治に話題を戻し、その生涯における菜食にまつわる創作と実践とともに、今まで紹介した言説から、賢治が影響を受けた可能性を確認しておきたい。

賢治の食に関する変遷を、生涯の各時期ごとにまとめると次のようになる。

幼少期	月ごとに精進日が設けられている
研究生・家出・東京時代	菜食表明、じゃがいも・大豆製品
花巻農学校教師時代	うなぎ・鴨南蛮・えび天そばを好む
羅須地人《らすちじん》協会（独居自炊）	米・味噌・漬物
晩年	玄米

賢治の生涯における菜食の端緒は、宮沢家が真宗大谷派の篤信門徒であったことに見出せる。賢治が自らの意志で菜食を行うと宣言するのは一九一八年五月、盛岡高等農林学校を卒業し、研究生とし

て同校に在籍していた時期である。賢治は卒業後に受けた徴兵検査で「第二種乙」と判定され、兵役に就くことが叶わなかった。以降五年間、賢治は菜食を通したとされる。

この一九一八年の友人宛の書簡［一三・六六］で賢治は、仏教の輪廻思想に基づきながら、人間に喫されるマグロの霊の思いを想像し、またそこで、食ったり食われたりする「悲しい」輪廻を断ち切りたいとの思いを、「身を粉にしても何でもない。〔中略〕大聖大慈大悲心、思へば泪もとゞまらず大慈大悲大恩徳いつの劫にか報ずべき」という言葉であらわしている。これは親鸞の「恩徳讃」（如来大悲の恩徳は身を粉にしても報ずべし、師主知識の恩徳も、骨を砕きても謝すべし）を連想させる。智学が輪廻思想と菜食を結びつけて論じていないこともあわせ、賢治は当初、智学に由来しない仏教思想に基づいて、菜食を志向したと考えられる。

ただし、肉食を野蛮だとし、菜食を重視する考えは、第一節で紹介した石塚左玄などにもみられるものであり、賢治が摂取した菜食にまつわる言説については、引き続き検討が必要である。また、のちの『蜘蛛となめくぢと狸』（一九一九年頃）や『ビヂテリアン大祭』（一九二三年頃）などの童話には、智学（やリシャール）の強い肉食否定の言説との類似がみられるようになる。『蜘蛛となめくぢと狸』については第一章で検討したが、『ビヂテリアン大祭』については次章でより詳細に扱いたい。

その後一九二一年一月、賢治は岩手から東京へと家出し、国柱会での布教活動に九カ月間従事する。のちに妹・トシの体調悪化の報を受け帰郷し、農学校教師の職に就く（一九二一〜二六年）。この時期は実家からの仕送りで生活しつつ、給料をほぼ全額、浮世絵やレコード・書籍の購入と、社交につぎ込む。賢治は教師時代は菜食をやめ、うなぎ・鴨南蛮・えび天そばを好み、よく人と外食し、奢っていたとされる。

一九二六年に農学校教師を依頼退職したのち、賢治は「羅須地人協会」を立ち上げる。そして、同会では近隣の農民に楽器を教えたり、無料の肥料相談を行うなど、農村の改革に乗り出す。ただし同会は、共産主義とのかかわりを疑われ、わずか一年ほどで解散する。この期間、賢治は独居自炊生活を送り、菜食に戻っている。冷や飯（白米）に醤油をかけ、たまに漬物をかじる生活であったという。

一九二八年以降は、体調の悪化に伴い、病臥生活へと移行する。一九三一年、体調回復に伴い、父親の世話により、東北砕石工場の技師として就職し、石灰のセールスに奔走するも、無理がたたって(26)再び病臥し、一九三三年九月二一日に死去。三七歳であった。

「雨ニモマケズ」が書かれたのは、最晩年の病臥中、一九三一年頃である。この頃賢治は、母・イチ（一八七七～一九六三）のすすめにより三年にわたって玄米を食べており［一五・四〇四］、「私はそれがじつにつらく何べんも下痢をしました」［一五・四〇四］と消化不良による下痢を訴えている。「雨ニモマケズ」に記される「玄米四合ト味噌ト少シノ野菜ヲ食べ」るという理想は、実は下痢に堪えながら書かれているのである。賢治研究において、賢治の思いやりが思い込みの強さと強情さを伴うものであったことはたびたび話題となるが、イチもまた、思いやりと強情さを併せ持つと言える。

賢治の理想は、なぜ玄米であり、なぜ四合だったのだろうか。

これについては、廣瀬正明が非常に興味深い指摘をしているので、それを紹介しておこう。(27)

賢治が玄米を選んだ理由には、同時代の脚気論争を参照する必要がある。この頃、脚気が伝染病であるとした森鷗外の説が破れ、脚気は栄養不足によるものであり、玄米食によって改善されること、そしてそれは新しく発見された栄養素であるビタミンによるという鈴木梅太郎（一八七四〜一九四三）の説が主流となってきていた。この鈴木は賢治の盛岡高等農林学校時代の師でもあり、賢治もある程度以上、脚気とビタミンにまつわる知見を在学中に得ていたと考えられる。[28] 賢治の童話である『北守将軍と三人兄弟の医者』（一九三一年［一一・五〜二二］）には脚気への言及が、『よく利く薬とえらい薬』（一九二一〜二二年頃［八・二六六〜二七二］）には脚気とビタミンへの言及がみられる。賢治は脚気とビタミンの関係について、ある程度興味関心を持ち、情報収集をしていたこと、およびそれらを創作に反映させていたことがうかがえる。

第一節で紹介したように、「雨ニモマケズ」における「玄米四合」の食事は、鷗外の「日本兵食論大意」における一兵卒の食事の構成と似通っている。鷗外はここで「強壮ナル日本人ハ一日平均六百二瓦ノ未炊米ヲ食ヘリ」という紹介も行っている。「未炊米」は一五〇グラムでおよそ一合であるため、六〇二グラムはおよそ四合である。かつて徴兵検査に不合格となった賢治が、健康な身体に憧れ、四合の米を食すことに強い思い入れを抱いたという推測も、うがちすぎたものではあるまい。以上から、脚気と玄米の関係と、鷗外の「日本兵食論大意」を合わせることによって、「玄米」を「四合」という着想が生まれたと、廣瀬は指摘する。[29] 筆者もこの廣瀬の指摘に同意する。

「雨ニモマケズ」は、死期を悟った賢治による、病臥中の祈りである。「雨ニモマケズ／風ニモマケズ／雪ニモ夏ノ暑サニモマケヌ／丈夫ナカラダヲモチ」、東西南北の人々のために奔走し、田畑のためにおろおろ歩き、涙を流したいと願った賢治は、まずは病に倒れない強壮な「丈夫ナカラダ」を願ったのだろう。

賢治の菜食の動機は、仏教の信仰〈殺生戒〉にはじまり、近代的な問題意識である〈肉食の西洋〉と〈菜食の東洋〉の対立、科学の発展に伴う栄養学の成立とも接点を持ちつつ、最晩年にいまいちど、宗教的な祈りへと立ち返る。「玄米四合」は、利他行を可能とする、健康な身体への願いのあらわれである。賢治にとっての信仰と科学は、近代という時代に、菜食という一つの結節点を得ていたのである。

本章の最後に、もう一点、確認しておきたいことがある。賢治研究において、母・イチが主題となることはほぼない。しかし、賢治の代名詞とも言えるほどの知名度を誇るようになった「雨ニモマケズ」における「玄米四合」は、賢治の健康を願うイチの要望を、いくらか反映したものでもあった。賢治はかつて、父や妹へ自身の信仰を軸とし、そして枠としながら向き合おうとしてきた。そして最晩年に賢治は、その信仰とも接点を持ちうる仕方で、玄米食を取り入れるという方法で、母ともまた、向き合おうとしていたのである。

本章では賢治が菜食にこだわった時代背景や家族との関係を確認した。次章では賢治が創作上にどのように菜食を表現していったかを探っていく。

註

（1）ピーター・シンガー（Peter Singer, 1946–）が『動物の解放』（一九七五年）を著して以降、種差別の発想に基づいて、動物の権利に関する議論が盛んに行われている。動物倫理は、応用倫理の一分野を築いてきたと言える。

（2）伊勢田は菜食主義の動機を、「宗教的理由」「動物倫理的理由」「健康上の理由」「安全上の理由」「環境倫理的理由」の五種類に分ける。宮沢賢治の菜食については、「宗教的理由」ではなく「動物倫理的理由」に分類している（伊勢田哲治『動物からの倫理学入門』〈名古屋大学出版会、二〇〇八年〉、二二九〜二三七頁）。

（3）賢治の菜食にまつわる態度を称揚するものとして、鶴田静『ベジタリアン宮沢賢治』（晶文社、一九九九年）などが挙げられる。

（4）田口昭典『賢治童話の生と死』（洋々社、一九八七年）、西田良子『宮沢賢治論』（桜楓社、一九八一年）など。

（5）『銀河鉄道の夜』第三次稿における、ブルカニロ博士の台詞より。

（6）『明治天皇紀』全一三巻（吉川弘文館、一九六八〜一九七七年）には、「牛羊の肉は平常これを供進せしめ、豕、鹿、兎の肉は時々少量を御膳に上せしむ」とある。

（7）この章における肉食にまつわる記述は、原田信男『歴史の中の米と肉――食物と天皇・差別』（平凡社、一九九三年）に多くを拠る。

（8）一〇名が侵入を企て、四名が死亡、一名が重傷を負った。生存者は全員逮捕された。肉食の穢れを避け、白装束を身にまとっていれば、銃弾には当たらないと信じての侵入であったという。

（9）文明開化の新風俗として出現した牛鍋屋を舞台とし、客の様子を描いた滑稽本。当時の風俗がうかがえる資料でもある。

（10）ジェームス・E・ケテラー（岡田正彦訳）『邪教／殉教の明治――廃仏毀釈と近代仏教』（ぺりかん社、二〇〇六年）参照。

（11）亀山光明「戒律主義と国民道徳――宗門改革期の釈雲照」（『近代仏教』第二五号、二〇一八年）、一〇〇〜一二五頁。

（12）一九〇三年から翌年にかけて行われた本化妙宗研究大会における田中智学の講義を記録したものであり、一九〇四年に初版が発行される。ここでは一九九三年に復刊されたものを底本とする。

（13）桜沢は各地をまわり、北米、中南米、欧州、インド、アフリカ、ベトナムなどにマクロビオティックを広めている。海外ではジョージ・オーサワ（George Osawa）の名で知られている。

（14）玄米、菜食を重視する。現代では世界中で複数の流派に分かれ、それぞれの解釈のもと実践されている。現代日本にも一定数信奉者が存在する。
(15) 廣瀬正明『宮沢賢治「玄米四合」のストイシズム』(朝文社、二〇一三年)、一一五〜一一七頁。
(16) 以下、本章におけるポール・リシャールにかかわる記述は、吉永進一「大川周明、ポール・リシャール、ミラ・リシャール——ある邂逅」(『舞鶴工業高等専門学校紀要』第四三号、二〇〇八年)、九三〜一〇二頁に拠っている。
(17) 牧野静「賢治童話における殺生の問題——田中智学『本化妙宗式目講義録』を手がかりに」(『倫理学』第三三号、二〇一七年)、一〇三〜一一三頁。
(18) フランスにおけるカルヴァン派。
(19) 一八七五年以降、インドで興る。キリスト教の神智学とは区別される。ニューエイジの源流、大衆的オカルティズムに分類される。
(20) 少年期に神智学協会に引き取られるが、のち独立。人は組織・信条・教義・聖職者・儀式によって真理に到達することはできず、ただ自己認識によってのみ真理を見出すことができると説く。インドだけでなく、欧米でも幅広い支持を得る。
(21) 岡田虎二郎(一八七二〜一九二〇)によって創始された修養法。大正時代の健康ブームの火付け役となった。正式な登録会員だけでも約二万人いたと言われ、田中正造・坪内逍遥・徳川慶喜など、各界の著名人も愛好した。宮沢賢治も、父と妹に静坐をすすめたことがある。
(22) ポール・リシャール(星野梅耀訳)「私の菜食主義」(『天業民報』第五四七〜五五〇号、一九二二年)。以下、「私の菜食主義」のテキストはこれに拠る。
(23) 「食人鬼」と「文明人」の対比は、おそらくは同時代の植民地支配の正当化に関する何らかの言説を踏まえたものである。この点については、ビル・シャット(藤井美佐子訳)『共食いの博物誌——動物から人間まで』(太田出版、二〇一七年)参照。
(24) 『大観』、一二九〜一三〇頁。
(25) 同前書、一三〇一頁。

（26）この時期の賢治を詳しく扱う先行研究に、佐藤通雅『宮沢賢治　東北砕石工場技師論』（洋々社、二〇〇〇年）がある。
（27）前掲註（15）廣瀬『宮沢賢治「玄米四合」のストイシズム』。
（28）同前書。
（29）同前書。

第五章

宮沢賢治の菜食主義

――田中智学との比較から――

けれども、わたくしは、これらのちいさなものがたりの幾きれかが、おしまひ、あなたのすきとほつたほんたうのたべものになることを、どんなにねがふかわかりません。

——『注文の多い料理店』序［八・七］

序

前章で扱ったように、宮沢賢治は生涯のある時期に菜食を行っており(1)、それは同時代の栄養学の発展とも接点を持つものだった。また、「雨ニモマケズ」における「玄米四合」という理想の食事は、賢治の母・イチによる息子に健康になってほしい、長生きしてほしいという祈りを受け入れた末に示されたものであったことをあわせて指摘した。

本章では、賢治が肉食を強く忌避するに至った背景には、田中智学からの影響があったということ、ただし両者には差異もあったということを、智学と賢治のテキストを比較することで検証していきたい。この検証を通じて、賢治の菜食主義には仏教が前提とする輪廻思想が反映されていることを指摘し（その際、妹・トシの死後の行方が強く意識されていることもあわせて指摘したい）、最後に賢治のような輪廻を考慮した菜食の思想が、輪廻思想を前提とした倫理思想の萌芽を持つものであることを示したい。

第一節　賢治と輪廻と殺生の忌避

最初に、賢治が殺生への忌避感をあらわしたり、輪廻について述べている書簡を確認する。

賢治が自らの意志で肉食を断つのは、『法華経』に感動したのちのことである(2)。具体的には、友人である保阪嘉内に宛てた一九一八年五月一九日付のやや長文の書簡において、「私は春から生物のからだを食ふのをやめました」〔一三・六六〕と告げている。以降、賢治は断続的に菜食を取り入れた生活を行っている。

この書簡には、以下のような記述もある。

又屠殺場の紅く染まった床の上を豚がひきずられて全身あかく血がつきました。転倒した豚の瞳にこの血がパッとあかくはなやかにうつるのでせう。忽然として死がいたり、豚は暗い、しびれのする様な軽さを感じやがてあらたなるかなしいけだものの生を得ました。これらを食べる人とて何とて幸福でありませうや。〔一五・六九〕

殺される豚の姿を鮮明にイメージし、さらに踏み込み、「これらを食べる人とて何とて幸福でありませうや」という強い表現で豚を食べることへの批判意識が一気に表明されている。(3) またこの書簡には、賢治がマグロの刺身を食べたとき、その背後でマグロの霊がそれを見て何を思うかという想像が述べられている次のような箇所もある。

もし又私がさかなで私も食はれ私の父も食はれ私の母も食はれ私の妹も食はれてゐるとする。私は人々のうしろから見てゐる。「あ、あの人は私の兄弟を箸でちぎった。となりの人とはなしながら何とも思はず呑みこんでしまった。〔中略〕われらの眷属をあげて尊い惜しい命をすてて

さゝげたものは人々の一寸のあはれみをも買へない。」　［一五・六九］

ここで賢治の筆は、「さかな」に人間のそれと同じ感情を認めながら運ばれていく。そして、この書簡において輪廻思想への言及が行われている点にも注意が必要である。以下にその箇所を引用する。

おらは悲しい一切の生あるものが只今でもその循環小数の輪廻をたち切って輝くそらに飛びたつその道の開かれたこと、そのみちを開いた人の為には泣いたとて尽きない。身を粉にしても何でもない。この人はむかしは私共とおなじ力のないかなしい生物であった。かなしい生物を自ら感じてゐた。あゝ、この人はとうとうはてなき空間のたゞけしの種子ほどのすきまをものこさずにその身をもって供養した。大聖大慈大悲心、思へば泪もとゞまらず大慈大悲大恩徳いつの劫にか報ずべき。ねがはくはこの功徳をあまねく一切に及ぼして十界百界もろともに仝じく仏道成就せん。一人成仏すれば三千大千世界山川草木虫魚禽獣みなともに成仏だ。　［一五・七〇］

生きていくことは食べることであり、食べることは食べられる相手に害をなすことである。ゆえに、一切の生あるものは「かなしい」。しかし、「輪廻をたち切って輝くそらに飛びたつその道」は切り開かれており、「三千大千世界山川草木虫魚禽獣みなともに成仏」(4) することができる。賢治は自身が信じるものを、このような言葉で表現している。

この書簡では、豚やマグロの例を挙げた上で、輪廻の循環の中にあることが「かなしい生物」であることとして語られている。賢治にとって輪廻は、具体的なイメージを伴うリアリティのあるものであり、生物の「かなしさ」の根拠なのである。

殺生は生涯にわたって賢治の創作上の主題であり続けた。殺生と同時に肉食への忌避感をあらわした作品も枚挙にいとまがない。それらと関連し、輪廻思想を主題にした作品もある。たとえば、主人公が蛙に転生した最愛の妹を、それと知らず打ち殺してしまう〔手紙四〕〔一二・三一九～三二一〕や、本章でも扱う『ビヂテリアン大祭』〔九・二〇八～二四五〕などを挙げることができる。賢治は人間が前世や来生で人間以外のものに生まれ変わることを強く信じており、それゆえに殺生に苦しみ、肉食を忌避し、菜食を扱う作品を書き続けるのである。

次節ではこれらの作品に、田中智学の言説と類似する表現が用いられたことを、智学のテキストと賢治のテキストの比較から確認しておきたい。

第二節　智学と賢治――肉食と菜食

賢治研究において公言は避けられがちだが、[5] 賢治は一時期、田中智学に熱狂している。特に一九二一年には、突如故郷から出奔。上京して以降九カ月間、東京で国柱会の布教活動に従事したり、友人である保阪嘉内に、日蓮と智学を同一視する内容の書簡を送るなど、かなりの熱の入れようであったことがうかがえる。[6] ここでは賢治が五回は通読したと言われている智学の『本化妙宗式目講義録』全五巻（のち『日蓮主義教学大観』、以下『大観』と略）[7] や、『日本国体の研究』などのテキストを検討することで、智学からの影響を探る。

賢治には肉食と殺生に対する強い嘆きがあったが、『大観』の中にも、肉食の残酷さ、恐ろしさを強調する次のような箇所がある。

涅槃経に、垂んとしたるとき、更に語を改めて、

「善男子我レ今日ヨリ諸ノ声聞ノ衆生ノ肉ヲ食フコトヲ許サズ」

と大なる訓誡を下された、動物の肉を食ふという心は洵に残酷にして無慈悲なものであるからこれ許すべからざるとして根本的に折伏を加へたまひしものである、この思想は何を意味するや、これ大慈大悲の程度が、小乗の比較し得べからざる深遠広大なる点まで、進歩したからである、もともと一切衆生は同類である、おなじ感情あるものである、おなじ感情の同類の肉を食ふという心は、これ漸々に人間をも養ふ食人鬼となるべき下地である、現今の世の如き牛馬のやうなものまで殺して甘いからとて食ふ、この心はやがて自分の親や子をも食ふ心である、実際にはまだ食うて居なくツても、仏の御眼より見たまへば、老たる親や、頑是ない赤子をも食ひかねないほどである、そこで仏は大乗においては、肉食を厳しく誡められたのである、即ちこの戒は、万物はこれ吾が一身なりとする大観解から出る大慈悲である、これより見るときは、大乗に肉食を重く厳誡ることは、自己よりも他を救ふに重きを置く傾向を見るべきである、〔後略〕(8)

ここで智学は、「動物の肉を食ふという心は洵に残酷にして無慈悲」であると言う。そして、「もと

もと一切衆生は同類である、おなじ感情あるものである」ため、「おなじ感情の同類の肉を食ふという心」は、「食人鬼となるべき下地」であり、「自分の親や子をも食ふ心」である、と述べている。この箇所からは、先に引用した賢治の書簡の内容が連想される。賢治は自分が刺身として供されたマグロであったと仮定し、自分や親・兄弟の身体が食われていくことに思いを馳せ、賢治はマグロと「同じ感情の同類」であることを具体的にイメージしており、影響関係があったとみるべきだろう。

では、このように肉食の恐ろしさを説いた智学は、それを避けるためにどのような方策を説いたのだろうか。『大観』には、以下のような記述がある。

釈尊禁肉の御制戒は、実にこれ人類社会に対する大教訓であるから、今日の僧侶の肉食の如何は別に、(9)万国禁肉会を組織して、聖意の普及を図りたい。(10)

ここに現れる「万国禁肉会」とは、智学が一八八九年に著した『仏教僧侶肉妻論』(11)の目次において、「第六章　肉食ヲ論ズ」中に「第四節　万国禁肉会設立ノ考案」という節題として登場するものである。実際には『仏教僧侶肉妻論』は完結しておらず、この第六章が活字化されることはなかったが、『大観』においてその構想を受け継ぐかたちで、智学は強く肉食を否定し、この「万国禁肉会」の構想を述べている。

賢治は一九二三年頃、菜食主義者が集う架空の大会を描いた『ビヂテリアン大祭』という作品を構想している。この作品では菜食主義者が集まる世界大会が開催されており、仏教を根拠とする菜食が

主張される場面がある。この二点から、これは智学の「万国禁肉会」が着想のもとであると推測できる。(12)

この『ビヂテリアン大祭』は、菜食主義者が集まる世界大会に九つの批判が寄せられ、菜食主義者たちがそれに反駁していくという筋書きである。この中の九つ目の批判は、「本願寺派の門徒」を名乗る者によるものである。釈尊や親鸞は肉食を行ったため、仏教徒が信仰を理由に菜食を行うのは「地下の釈尊も迷惑であろう」という批判に対し、語り手である主人公は激昂し以下のような反駁を行う。

仏教の出発点は一切の生物がこのやうに苦しくこのやうにかなしい我等とこれら一切の生物と諸共にこの苦の状態を離れたいと斯う云ふのである。その生物とは何であるか、そのことあまりに深刻にして諸氏の胸を傷つけるであらうがこれ真理であるから避け得ない、率直に述べやうと思ふ。総ての生物はみな無量の劫の昔から流転に流転を重ねて来た。〔中略〕ある時は畜生、即ち我等が呼ぶ所の動物中に生れる。ある時は天上にも生れる。その間にはいろいろの他のたましひと近づいたり離れたりする。則ち友人や恋人や兄弟や親子やである。それらが互いにはなれ又生を隔ててはもうお互に見知らない。無限の間には無限の組合せが可能である。だから我々のまはりの生物はみな永い間の親子兄弟である。異教の諸氏はこの考をあまり真剣で恐ろしいと思ふだらう。恐ろしいまでこの世界は真剣な世界なのだ。私はこれだけを述べやうと思ったのである。
［九・二四一～二四二］

賢治はここで主人公に、輪廻思想に基づけば、「我々のまはりの生物はみな永い間の親子兄弟である」ことを根拠に、肉食を否定させている。賢治にとって輪廻思想は、一貫して殺生の恐ろしさと肉食忌避の根拠なのである。

ここまで、賢治が肉食への忌避感を強調するのには、智学から受けた影響があったということを確認してきた。しかし、賢治と智学には明確な違いもある。それは、賢治は常に具体的なイメージを伴う仕方で、輪廻思想を殺生・肉食の忌避へと結びつけているが、智学にはそれが見られないという点である。『大観』には智学が自身の過去生について述べている箇所があるが、いずれも人間である(13)。賢治は「永い間」に人間にも人間以外にも生まれ変わるとするが、智学にはその発想がないのである。そのため、賢治のような食べられる対象である人間以外の生き物への感情移入は、智学にはみられない。

ここで、智学が『大観』において、「万国禁肉会」の組織以外に、肉食が特例的に許される場合について述べていることも確認したい。それは以下のような主張である。

されば肉食の前に、食はれる肉よりも食ふ人間の価値が先づ問題である、此の如く観察して、此身に大法護持の浄業懸かれり、此身に精力余りあれば、ます〳〵この法華の大法を弘通するを得となるとき、薬用で喫する牛羊魚鳥の肉は直ちに法華行者精血と精気となりて此法を護持して、肉はさながら法華経化するのである、〔後略〕(14)

智学はまず、「食ふ人間の価値」を問題にする。そして、法華の行者が薬用に肉を喫する場合、殺生と肉食とは恐ろしいことであるとしても、「肉はさながら法華経化する」と智学は述べているのである。

では、肉食の恐ろしさを克服しうる、法華の行者による「肉の法華経化」という発想は、賢治の作品にどのように反映された可能性があるだろうか。たとえば賢治が一九一九年頃に、近隣へ無記名で配り歩いたと推定されている童話風の手紙には、虫にからだを食わせる龍の物語がある。[15]手紙においてこの龍は、釈尊に転生したとされ、龍の肉を食べた虫たちもまた、のちに「まことの道」に導かれたとされるものである。

賢治の童話において、肉を食べた主体が救われる物語は、これ以外には存在しない。また、この童話における虫は、発話する主体としては造形されておらず、その思惟や感情が記述されることもない。賢治が智学の主張を素直に受け取れば、真摯な法華の行者が病を得るが、肉食によって回復し、いっそう護法に励む筋書きの物語を描けるはずである。しかし賢治の作品で肉食が肯定的に描かれたのは、この童話のみであり、賢治の創作において繰り返しあらわされるのは、肉食への忌避感の強調なのである。

菜食以外の方法で、賢治は食の問題をどのように解決しようとしたのだろうか。その点を検討するため、次節では智学の『日本国体の研究』[16]における食にまつわる主張を確認した上で、賢治のテキストとの比較を行う。

第三節　「食の霊化」と「物質の超越」

『日本国体の研究』は、「日本国体」は争いのない「道」であり、世界が見習うべき模範として研究すべきであるという智学の主張が述べられたものである。本章の関心から注目すべきは、「食」の問題が中心的に扱われている冒頭部と第三章である。まず、冒頭部を引用する。

由来人は道の器にして食の器に非ず、而も食を以て人を解するは、是人を以て禽獣と為すなり、凡古今世界の嘗め来れる、所有酸苦紛争殺伐の歴史は、咸この食を道に易へ、人を獣化したる悪解釈の反映に非ざる莫し、慄るべきは思想の錯誤なり、人類は長き間の惨血と悶とによりて、既に争に厭きたり、今後の問題は、如何にして生き安く住せん乎に存す、其の決は唯食を去て道に就くに在り、道下に食あり食下に道なし、食は道と倶に亡し、食を舍つる時、道は食と倶に栄ゆ、物心内に融して争いなく、秩序外に整いて平和あり、斯の道久しく人を待つ[17]。

智学はここで、「食」と「道」の関係について述べている。「食」よりも「道」を優先するべきである、というのが大意であるように見受けられるが、この主張については「第三章　道と食」において、より詳しく述べられている。たとえば第三章第一節は「「食」は争いを伴う」と題されており、食は「なくてはならない」ものであるが、それゆえ人間の争いの根本には「食」があるという見解が提示される。それを克服するにはどうすればよいか。智学は「道下に食あり食下に道なし」と言い、「食」ではなく「道」を本位に生きることで、食本位の争いを回避できると説く。そうして、「食本位」ではなく「道本位」に生きることで、「食は霊化するのである」[18]とも述べている。また、そうした強調とともに、「人は物質を超越した一種の霊妙能力を有している」[19]とも述べている。

前節で引用した『大観』における法華の行者による「肉の法華経化」に関する記述と比べ、やや抽象度の高い記述ではあるが、ここでは食にまつわる争いの回避というテーマが打ち出されている。ただし、「食の霊化」や「物質を超越した一種の霊妙能力」について、具体的にそれがどのような状態や能力を指すのかは、記述されていない。

以上の智学の記述を踏まえ、賢治が「たべもの」について述べているテキストとして、『注文の多い料理店』（一九二四年）の序に注目したい。以下にそれを引用する。

わたしたちは、氷砂糖をほしいくらゐもたないでも、きれいにすきとほつた風を食べ、桃いろのうつくしい朝の日光をのむことができます。
またわたくしは、はたけや森の中で、ひどいぼろぼろのきものが、いちばんすばらしいびらうどや羅紗や、宝石いりのきものに、かはつてゐるのをたびたび見ました。
わたくしは、さういふきれいなたべものやきものをすきです。〔中略〕
けれども、わたくしは、これらのちいさなものがたりの幾きれかが、おしまひ、あなたのすきとほつたほんたうのたべものになることを、どんなにねがふかわかりません。　〔八・七〕

賢治はここで、「氷砂糖をほしいくらゐもたないでも、きれいにすきとほつた風を食べ、桃いろのうつくしい朝の日光をのむことができ」ると述べている。また、賢治が綴る「ちいさなものがたりの幾きれか」が、「すきとほつたほんたうのたべもの」になることを願っている。これは賢治なりに解釈した、物質を超越した「食の霊化」であるようにも見受けられる。

この『注文の多い料理店』には、たとえば「烏の北斗七星」〔一二・三八〜四五〕という、烏と山烏の戦争を描いた童話も収録されている。主人公の烏は、「お腹が空いて山から出てきた」山烏を仕留める。烏と山烏が戦争をしている理由は作中で明確に描写されないが、空腹が山烏の出撃理由であることは示されている。つまり、戦争の理由が食をめぐるものであったと推測することができる。主人公が山烏を仕留めたあとには、以下のような描写がある。

烏の新らしい少佐は、お腹が空いて山から出て来て、十九隻に囲まれて殺された、あの山烏を思ひ出して、あたらしい泪をこぼしました。〔中略〕（あゝ、マヂエル様、どうか憎むことのできない敵を殺さないでいゝやうに早くこの世界がなりますやうに、そのためならば、わたくしのからだなどは、何べん引き裂かれてもかまひません。）

ここでは主人公が涙を流し、「憎むことのできない敵を殺さないで」済む世界の到来を祈るのである。

『注文の多い料理店』は、食をめぐる争いをテーマに持つ作品を収めている。それを踏まえると、序の「すきとほつたほんたうのたべもの」は、やはり「食の霊化」によって、「食」をめぐる争いを回避しようという智学の主張を、賢治なりに解釈し、再構成したものであると考えられるのである。

結

本章では、宮沢賢治が殺生・肉食への忌避感と輪廻思想を結びつけていることを確認したのち、賢治が田中智学から受けた影響を、食の問題を中心に検討してきた。

智学は、動物が「同じ感情の同類」であるゆえ肉食を否定し、菜食に言及するが、賢治もそれに共鳴している。両者の違いは、輪廻思想のリアリティをどこに見出すかにある。賢治は自身や自身の身近な人が人間以外の生き物に転生していることを想像し、またそれを物語にも著すが、智学の自身の過去生のイメージは、人間を離れることがない。智学が『日本国体の研究』において「食」を問題としたことについて、賢治は「食の霊化」「物質の超越」の二つのキーワードに反応し、『注文の多い料理店』が編まれたのだと考えられる。

賢治が智学から受けた具体的影響について、先行研究では、『法華経』に根拠づけられた世界主義的なユートピア志向に注目する立場と、国家主義的立場に注目するものと、大きく二種類の傾向がある[20]。本章では前者の立場に立ち、特に「食」をめぐって、賢治が智学から影響を受け、それに具体的なイメージを与え、童話を創作していることを検証した。これらの点に加えて、このような問題意識を持った創作が、賢治の妹・トシの死の前後から行われていることを最後に指摘しておきたい。

賢治はトシの死後の行方に確信を抱いていなかった。本書第三章では、それが賢治の女人成仏観(往生観)によるものであり、賢治が(畜生道に堕ちているかもしれない)トシの死後の行方を祈るために、「すべてのいきもののほんたうの幸福」を目指そうとしたという仮説を提示した。それを受け本章では、賢治が殺生の問題を乗り越えるために菜食や「食の霊化」を創作の主題としていくことを確認した。

賢治にとっての輪廻のリアリティは共感の基盤であり、倫理の根拠である。賢治は智学の枠組みを借りつつ、「すべてのいきもののほんたうの幸福」のための殺生・肉食の忌避と菜食実践の主張を、フィクションに託して模索していく。

ところで、『ビヂテリアン大祭』の筋書きは、菜食主義者の集う架空の大会において、肉を食べる人々から九つの批判が寄せられ、菜食主義者たちが順にそれに反駁していくというものだった。ところが、批判者たちが実は全員すでに菜食主義者であり、大会主催者からの依頼で演技をしていたということが、物語の結末で明らかにされる。九番目の批判者は、喜劇役者として有名なヒルガアドという人物であり、この人物が種明かしを行うのである。ヒルガアド登場以降の結末部分を、以下に引用する。

「やられたな、すっかりやられた。」陳氏は笑ひころげ哄笑歓呼拍手は祭場も破れるばかりでした。けれども私はあんまりこのあっけなさにぼんやりしてしまひました。あんまりぼんやりしましたので愉快なビヂテリアン大祭の幻想はもうこわれました。どうかあとの所はみなさんで活動写真のおしまゐのありふれた舞踏か何かを使ってご勝手にご完成をねがふしだいであります。

語り手である主人公が「ぼんやりして」しまったために、読み手に物語の完成を丸投げするという、人を食ったような結末である。

『ビヂテリアン大祭』は、けっして愉快なだけの幻想の物語ではない。物語の大半で、菜食主義者たちにはそれなりに根拠のある批判が次々に寄せられ、反駁も、統計を持ち出す者から情緒に訴える者までさまざまである。批判者と菜食主義者の応酬が真摯であるゆえに生まれている滑稽味はあるが、応酬そのものは、ごく真剣に行われている。物語全体で最も愉快そうな場面は、喜劇役者による種明かしによって、会場にいる全員が菜食主義者だと判明し、会場中が沸き、引用した場面となる。そして、この喜劇役者を相手に輪廻を根拠とし、殺生・肉食を忌避すべきだと種明かしの直前まで必死に反駁し、会場中に訴えかけていたのが、この主人公だったのである。

『ビヂテリアン大祭』は、単純に菜食を世界中に広めるべきだという物語ではない。考えの異なる人々との真摯な議論の応酬が成立するというのはそもそも幻想であり、壊れてしまうものであるという結末を、賢治の分身とも言うべき、物語の語り手に突きつけるものである。真摯な議論は成立しえず、現実の殺生を減らすことは困難である。

それでも、賢治は創作を続けていく。

註

（1）鶴田静『ベジタリアン宮沢賢治』（昭文社、一九九九年）など。
（2）一九一四年に『法華経』に出会った賢治であるが、当初その理解は、真宗本願寺派の僧侶で、仏教学者の島地大等（一八七五～一九二七）に拠るものであり、天台学的なものであったこと、日蓮教学的理解に移行するのは一九一八年頃からであったことが指摘されている。この点、大平宏龍「「法華経と宮沢賢治」私論」（『文芸月光』第二号、二〇一〇年）、六〇～七七頁、大谷栄一「〈国土成仏〉という祈り――宮沢賢治と日蓮主義」（『ユリイカ』第四三巻第八号、二〇一一年）、一八六～一九五頁などを参照。
（3）この屠殺される豚というモチーフは、のち一九二〇年頃の作品である『フランドン農学校の豚』において主題化される。
（4）賢治の言い回しは「草木国土悉皆成仏」を連想させるが、この概念の成立についての研究史をまとめたものに、岡田真美子『小さな小さな生きものがたり――日本的生命観と神性』（昭和堂、二〇一三年）がある。
（5）大谷栄一「戦前期日本の日蓮仏教にみる戦争観」（『公共研究』第三巻第一号、二〇〇六年）、八〇頁。
（6）宮沢賢治『【新】校本宮澤賢治全集　一五　書簡本文篇』、一五九～一九六頁。
（7）本章における田中智学のテキストは、田中智学講述『日蓮主義教学大観』（真世界社、一九九三年）に拠る。これは一九〇三年から一〇年にかけて成立した『妙宗式目講義録』が、一九一七年に『本化妙宗式目講義録』に改題され、さらに一九二五年に『日蓮主義教学大観』に改題されたものを復刊したものである。以下『大観』と記す。
（8）『大観』、一一二九～一一三〇頁。
（9）智学は一八七二年の「自今僧侶肉食妻帯畜髪等可為勝手事」（「肉食妻帯令」）に対し、仏教者がいかに応答すべきか考え、『仏教夫婦論』（一八八七年）、『仏教僧侶肉妻論』（一八九一年）を著している。
（10）『大観』、一一三〇〇頁。
（11）田中智学「仏教僧侶肉妻論」（『日蓮主義研究』第一号、一八九一年）、一〇～五九頁。
（12）牧野静「賢治童話における殺生の問題――田中智学『本化妙宗式目講義録』を手がかりに」（『倫理学』第三三

号、二〇一七年）、一〇三～一一三頁。
(13) 智学が述べる自身の過去生は、安政の大地震で亡くなった老人、ロシア人の学者の二種類である（『大観』、一四六八～一四六九頁参照）。
(14) 『大観』、一三〇一頁。
(15) 通称〔手紙一〕と呼ばれる。『【新】校本宮澤賢治全集　一二』収録。
(16) 田中智学『日本国体の研究』（天業民報社、一九二二年）。
(17) 同前書、五～六頁。
(18) 同前書、一八八頁。
(19) 同前書、一八七頁。
(20) 昆野伸幸「近代日本の法華経信仰と宮沢賢治――田中智学との関係を中心に」（『文藝研究』第一六三号、二〇〇七年）、三六～四七頁。

第六章

関東大震災と『銀河鉄道の夜』

おまへはさっき考えたやうにあらゆるひとのいちばんの幸福をさがしみんなと一しょに早くそこに行くがいゝ、そこでばかりおまへはほんたうにカムパネルラといつまでもいっしょに行けるのだ。

——『銀河鉄道の夜』第三次稿［一〇・一七四］

序

本書の前半では、賢治が妹・トシの死を受け、「すべての生きもののほんたうの幸」を創作上で希求するに至る過程を追った。また、そのため彼が殺生と肉食、菜食を創作上の主題とすることは必然であったことも確認した。

本章では、賢治の問題意識が現実の出来事とも接点を持ちながら、やがて創作へと結びついていく過程を、一九二三年九月一日に発生した関東大震災から考察していく。

『銀河鉄道の夜』は、震災の翌年である一九二四年から三一年にかけて、第一次稿から第三次稿が執筆された（晩年に第四次稿が執筆されたが、それに関しては次章で扱う[1]）。原稿の一部は、震災被災者への見舞い下書きの裏面を使用している［一〇校異篇・一〇］。関東大震災と賢治の関連を指摘した先行研究には、花巻にも被災者が避難しており、賢治がそれを目撃した可能性を指摘した栗原敦[2]のもの、賢治が国柱会を通じて多額の義捐金を送付していたことを指摘する上田哲[3]のもの、賢治が義捐金を送付したことを踏まえた上で、その後の田中智学の政治活動にはかかわっていないことを指摘する大谷栄一[4]のものがある。賢治は震災後、何らかの使命感を抱いているように見受けられる。賢治の求めた「すべての生きもののほんたうの幸」は、妹・トシだけでなく、震災によって亡くなった人々や、困難の中にある被災者の存在も踏まえたものだったのではないか。そして、この使命感が創作と結びついていく過程を検証するの[5]が、本章の目的である。

『銀河鉄道の夜』のおおまかなあらすじは、孤独な少年ジョバンニが、級友カムパネルラとともに銀河を走る鉄道で旅をしたのち、先ほどまで一緒にいたはずのカムパネルラの死を知らされるというものである。銀河鉄道には死者を天上に運ぶ役割があることが作中で徐々に明らかにされ、乗客の中にはおそらくタイタニック号の犠牲者をモデルにしたと思われる人物も登場する。幻想的な宇宙空間(6)を舞台に死者と交流するこの物語は、胸躍る風景に限りなく透明な美しさを湛えると同時に、不安や焦燥、悲しみを滲ませ、主人公ジョバンニが「みんなのほんたうのさいはい」［一〇・一七三］への祈りを抱くに至るまで、たたみかけるように展開していく。

第一節　信仰と創作

まず本節では、そもそも賢治の創作が、その最初期から信仰と結びついたものであったことを確認する。

賢治が初めて『法華経』に触れるのは、一九一四年九月頃である。賢治は父・政次郎の法友である高橋勘太郎から送られてきた島地大等編著『漢和対照妙法蓮華経』を読んで、「異常な」感動を受けたとされている［一六（下）年譜篇・九〇］。その後、賢治は田中智学の影響を受けることとなり、その言説の枠組みを借りつつ、創作を行うようになる。

第一章で確認したように、賢治の最初期の童話である『蜘蛛となめくぢと狸』は、智学の真宗批判、肉食批判から影響を受けつつ、家業への反発と真宗批判を重ねて行うものであった。また第二章で確認したように、妹・トシの死の追善の一環として、智学の編んだ『妙行正軌』（国柱会の典礼のやり方をまとめたもの）に基づいて、「教書」として〔手紙四〕を近隣へ配布したりしている。

そもそも、なぜ賢治の創作は、智学の思想と結びつきながら行われているのだろうか。

賢治は一九二〇年に国柱会に入会する。翌年の一月二三日には突如故郷を出奔。上京したのち、鶯谷の国柱会館に直行する。そのときに応対した幹部の高知尾智耀に告げられたことが、賢治の中で創作と信仰とを結びつけていると考えられる。以下に高知尾の回想を引用する。

純正日蓮主義の信仰について語った時、私は平素、恩師田中智学先生から教えられている通り、今日における日蓮主義の在り方は、ソロバンを取るものは、そのソロバンの上に、鋤鍬をとるものは、その鋤鍬の上に、ペンをとるものは、そのペンのさきに、信仰の生きた働きが現れてゆかねばならぬ云々とお話をしたと思う。賢治は詩歌文学を得意とするというのであるから、その詩歌文学の上に純粋の信仰がにじみ出るようでなければならぬとお話をしたが、それが「高知尾師ノ奨メニヨリ法華文学ノ創作」に志したのではなかろうか。(7)

ここで高知尾は、賢治に「純粋の信仰がにじみ出る」ような創作を行うよう助言したと振り返っている。実際に賢治は、高知尾との邂逅以降、一カ月に三〇〇〇枚とも言われる猛烈なペースで創作に励んでいく。

ところで賢治は、智学の著した『日蓮主義教学大観』(8)を五回は通読したとされている。(9)当然、智学の芸術観[10]にも影響を受けていたと思われるので、ここに『大観』において表明されている智学の文学観をみてみよう。

〔前略〕大文人大詩人が出ても、その作物が世間救済と相関せず、本化の法と没交渉であッたならば、何の役にも立たぬ、反故同様である、一分時もそんな修養の為めに貴重の時間を費やす必要はない。[11]（傍線筆者）

智学はどんな文学者の作品であっても、それが「世間救済」「本化の法」とかかわらないものであれば「何の役にも立た」ないという強い主張をここで行っていることは、本章の関心からも注目すべき事実であろう。

以上ここまで、高知尾の賢治に対する助言が、文学の上で信仰をあらわすようすすめるものであったことと、智学の文学観が「世間救済」を志向するものであったことを確認した。それらに影響を受けた賢治の創作は、信仰をあらわすものであり、「世間救済」を意図するものとなっていったのではないだろうか。次節では、賢治が具体的に何を主題とし、創作を行おうとしたかを実際に確認していこう。

第二節　信仰と死者の追善

本節では、第二章におけるトシの追善についての考察などを踏まえ、賢治が死者の問題と向き合ったことが、ある種の使命感を持った創作へと結びついていく過程を追う。

第三章で確認したように、賢治は『法華経』による死者の追善を創作上のテーマにしていた時期がある。一九一八年に友人の保阪嘉内に母親の追善供養をすすめたときから、童話『ひかりの素足』、そして妹・トシの死を扱う『春と修羅　第一集』における挽歌群へ、さらには「教書」を意図する〔手紙四〕へと続いていく。

賢治が行おうとする追善は、基本的には『日蓮聖人御遺文』を手がかりとしたものであることも、第三章で確認したとおりである。ここでいまいちど、「永訣の朝」の末尾を引用する。

おまへがたべるこのふたわんのゆきに
わたくしはいまこころからいのる
どうかこれが天上のアイスクリームになつて
おまへとみんなとに聖い資糧をもたらすやうに
わたくしのすべてのさいはひをかけてねがふ

〔二・一四〇〕

第三章でも触れたが、「天上のアイスクリーム」という表現は、出版後「兜卒の天の食」［二・三五六］へと手入れされることからも、トシの兜率天往生を祈ったものであろう。日蓮の主張に基づいて『法華経』の功徳による死者の追善供養を行った結果、死者が兜率天に往生するという主張は、その後の賢治の創作上でも繰り返されていく。ただし、その主張は賢治の最終的な帰着点ではない。「永訣の朝」は一連の挽歌群の冒頭に収められているが、これ以降もトシをめぐる創作は続いている。「永訣の朝」と同じ日付を付された「無声慟哭」では、はっきりと賢治が信仰に苦悩している姿が描写されている。それを以下に引用する。(12)

ああ巨きな信のちからからことさらにはなれ
また純粋やちいさな徳性のかずをうしなひ
わたくしが青ぐらい修羅をあるいてゐるとき
おまへはじぶんにさだめられたみちを
ひとりさびしく往かうとするか
信仰を一つにするたつたひとりのみちづれのわたくしが
あかるくつめたい精進のみちからかなしくつかれてゐて
毒草や蛍光菌のくらい野原をただよふとき
おまへはひとりどこへ行かうとするのだ

［二・一四三］

また、「(一九二三、六、四)」の日付が付された「白い鳥」には、以下のようなくだりがある。

それはじぶんにすくふちからをうしなつたとき
わたくしのいもうとをもうしなつた
〔二・一五二〕

トシの行方が天上であることを、賢治は繰り返し祈る。しかし、すぐに賢治自身に追善を行う力がないと告白しているのである。

賢治は自身の信仰の在りように苦悩し、トシの追善を、確信を持って行うことができないと表白する。次に引用するのは、「(一九二三、八、二)」の日付を持つ「青森挽歌」である。

《みんなむかしからのきやうだいなのだから
けつしてひとりをいのつてはいけない》
〔中略〕
ああ　わたしはけつしてさうしませんでした
あいつがなくなつてからあとのよるひる
わたくしはただの一どたりと
あいつだけがいいとこに行けばいいと
さういのりはしなかつたとおもひます
〔二・一六八〕

このくだりからは、賢治がトシの死から一年も経たないような時期であっても、すでにトシのことだけを祈ってはならないと、自身を戒めようとしていたことが読み取れる。『法華経』の功徳を死者の追善として振り向けようという試みは、妹という最も身近な他者を喪ったとき、その死後の行方を確信できないという理由によって挫折する。そして賢治はこの挫折から、「《みんなむかしからのきやうだいなのだから／けつしてひとりをいのつてはいけない》」という倫理的な規範を意識するようになる。

ここで引用した『春と修羅　第一集』における挽歌群においても、賢治はトシを悼む際に、「けつしてひとりをいのつてはいけない」と決意している。「ひとり」という捉え方をするときに念頭にあるのは、やはりトシ以外の人々のことだろう。

賢治が人々を具体的に祈ろうとした創作が『銀河鉄道の夜』であり、その契機が関東大震災であったのではないだろうか。次節以降で、その点について検証していく。

第三節　関東大震災と賢治

前節で扱ったように、賢治の法華信仰は、死者の追善供養という具体性を帯びたのち、トシの死と追善をめぐる創作において信仰上の苦悩をあらわすものとなった。

本節では、「青森挽歌」の最後に提出された「けつしてひとりをいのつてはいけない」という決意が関東大震災後の危機感と結びつき、創作へと結実していった可能性を検証する。

関東大震災が発生したのは、トシが亡くなった翌年の一九二三年九月一日である。『春と修羅　第一集』において、トシの死にまつわる最後の創作は、八月一一日の日付を持つ「噴火湾（ノクターン）」であるため、震災発生時にはトシの死の影響が創作を喚起するほどの強度を保ち続けていた可能性が高い。

一連の挽歌群に続けて収録されている「風景とオルゴール」の章には、関東大震災に言及するものが二篇ある。それは、「一九二三、九、一六」の日付を付された「宗教風の恋」と「〔昴〕」である。まず以下に、「宗教風の恋」の一部を引用する。

信仰でしか得られないものを
なぜ人間の中でしつかり捕へやうとするか
風はどうどう空で鳴つているし
東京の避難者たちは半分脳膜炎になつて
いまでもまいにち遁げて来るのに
どうしておまへはそんな医される筈のないかなしみを
わざとあかるいそらからとるか

［二・一九三～一九四］

これは「東京の避難者たち」がいることを、「けつしてひとりをいのつてはいけない」理由として見出した記述であるように見受けられる。「医される筈のないかなしみ」は、「風景とオルゴール」の章の直前まで挽歌群が収録されていることから、トシを念頭に置いた表現であると推測できる。つまりこの「宗教風の恋」は、「青森挽歌」での問題意識と連続性を持った作品であり、「ひとり」以外に祈るべき具体的な他者として、「東京の避難者たち」を見出したものだと考えられるのである。

さらに、「宗教風の恋」に続く「〔昴〕」という作品には、「東京はいま生きるか死ぬかの堺なのだ」［二・二〇三］という記述が登場する。震災に対する危機感が、トシの死のみを悲しみ続けることの戒めとなっていく様子が読み取れる。

この二篇と同じ「一九二三、九、一六」の日付を持つ作品には、「風景とオルゴール」と「風の偏倚」の二篇がある。この四作は、関東大震災後初めて創作を行った九月一六日に連続して書きつけられている。この日付に、賢治の創作意欲の昂ぶりがあったことは疑いようがない。他に同じ日付を持つ連続した創作として、トシ臨終の日付である「（一九二二、一一、二七）」を付された「永訣の朝」「松の針」「無声慟哭」の三部作がある。これらも、トシの死を目の当たりにした賢治が、その慟哭を書きつけていったものである。このとき賢治は、実際の出来事、それも死にまつわる出来事を契機に、連続した創作を行っている。関東大震災にまつわる創作を含む四作が、同じ日付に連ねられたのは、奥山文幸が指摘するように[13]、やはり震災という被災者・死者が大量に発生する出来事を意識した賢治が、創作に駆り立てられたためであろう。

賢治が震災を契機に使命感を抱いた際、その使命感の根拠として、信奉する日蓮の事跡を思い起こしていた可能性を指摘できる。歴史的・社会的危機意識が天変地異を機に一気に宗教的使命感の確信にまで高揚することはしばしばあることだが[14]、日蓮の場合も、正嘉元（一二五七）年八月二三日に発生した鎌倉の大地震に触発され、うちつづく「非時ノ大風飢饉大疫癘大兵乱」（『災難対治鈔』[15]）の災厄に確信を深めて、『立正安国論』[16]の執筆、幕府諫言へと昇りつめていったのである。大地震を国難と捉え、使命感に衝き動かされていく日蓮の姿を思い描くことで、賢治自身も震災に際し何らかの使命感を抱き、その端緒を先の二篇に示したのだと考えられるのである。賢治とほぼ同時代を生き、国柱会会員であった石原莞爾（一八八九〜一九四九）もまた、関東大震災の起きた宗教的意味について、考えをめぐらせている[17]。

そうして、震災を契機とする賢治の宗教的使命感は、賢治が文学を通じて示そうとした、「みんなのほんたうのさいはい」のかたちの模索に結びついていったと考えられる。「たつたひとり」を祈ってはならないという自戒が、震災に際して宗教的使命感と重なったとき、おそらく賢治は大量死に思いを馳せている。そして、『銀河鉄道の夜』は、複数の死者が登場する物語でもある。タイタニック号の犠牲者を思わせる家庭教師の青年と幼い姉弟や、主人公ジョバンニの友人カムパネルラなど、ジョバンニが宇宙空間をともに旅する人々は、すでに命を落としている。『銀河鉄道の夜』以前の『春と修羅　第一集』や『ひかりの素足』において賢治が扱ってきたのは、妹・トシという具体的な個人や、兄が弟を追善する物語であり、ごく閉じた関係性のものであった。しかし『銀河鉄道の夜』で、ジョバンニが向き合おうとする死者は、ジョバンニの肉親ではない。ジョバンニは死者たちとの交流を経て、「みんなのほんたうのさいはい」を希求しようと決意するに至るのである。

結

ここまで、賢治の法華信仰が死者の問題と結びつき、震災を契機とする宗教的使命感を経て、『銀河鉄道の夜』へと結実していく過程を追った。

『銀河鉄道の夜』の旅の終盤、ジョバンニが決意を述べたのち、「カムパネルラ、僕たち一諸《ママ》に行かうねえ」と語りかけたとき、カムパネルラはすでに姿を消している。そして胸を打って泣き出したジョバンニの前に、ブルカニロという名の博士が登場する。ブルカニロ博士はカムパネルラの死を告げ、「おまへはさっき考えたやうにあらゆるひとのいちばんの幸福をさがしみんなと一しょに早くそこに行くがいゝ、そこでばかりおまへはほんたうにカムパネルラといつまでもいっしょに行けるのだ」と述べる。ここには『春と修羅　第一集』における挽歌群と『銀河鉄道の夜』における明確な違いが示されている。それは、カムパネルラという「たつたひとり」の行方を祈ることと、「みんなのほんたうのさいはい」を求めることの一致が示されている点である。また、これはかつて賢治がトシの追善として近隣に配った〔手紙四〕の結末を彷彿とさせるものでもある。

『銀河鉄道の夜』は、その執筆時期に注目した場合、杉野要吉が提唱する「関東大震災後文学[18]」に位置づけることができる。急激な近代化が推し進められた時代に、東京という文明の中心地が灰燼に帰したことは、人々の内面に喚起したものの規模においても、未曾有のものであっただろう。文壇にも衝撃が走り、たとえば菊池寛は震災直後に以下のように述べている。

自然の大きい壊滅の力を見た。自然が人間に少しでも、好意を持つてゐると云ふやうな考へ方が、ウソだと云ふことを、つくづく知つた。宇宙に人間以上の存在物があり、それが人間を保護してゐるとか、叱責するとか云ふ信仰もみんな出鱈目であることを知つた。(19)

賢治が菊池寛の言説に触れていたかは確認できないが、賢治が『銀河鉄道の夜』でブルカニロに語らせることは、それと対照的である。

現在は水素と酸素でできていると明らかにされている水が、昔は水銀と硫黄でできていると議論されたという例を、ブルカニロ博士は挙げる。また、紀元前二二〇〇年と、紀元前一〇〇〇年、それぞれの頃に考えられていた歴史と地理の対比を行う。そうして、「ちゃんとほんたうの考えとうその考えをわけてしまへばその実験の方法さへきまればもう信仰も化学と同じやうになる」という考えを、ブルカニロ博士は示すのである。

賢治はブルカニロ博士を通じ、化学的な、また科学的な視点から、過去とより旧い過去との対比を繰り返す。この描写は、現在から未来への進歩と発展へ、望みを繋ごうとしているかのようにも見受けられる。このブルカニロ博士のセリフが結末に収められたことは、震災からの復興の願いをも、表現の射程に入れたためではないだろうか。菊池寛のように中央の文壇で発言力のある人物が、拠り所たるものの喪失を述べる中、大量死と接点を持つこの作品の最後で、拠り所たりえるものへの信頼を改めて確認し、主人公を励ます役割を担っているのが、このブルカニロ博士なのである。

震災に際した創作意欲の昂ぶりは、死者の追善の問題を、「みんなのほんたうのさいはい」の希求へと接続する物語として結実した。それは、賢治の信仰に裏打ちされた創作だったのである。

二〇一一年三月一一日に発生した東日本大震災後、被災地となった東北の出身である賢治は大きな注目を集め、各種メディアに取り上げられた。東北という冷害などに苛まれる過酷な環境において人々の暮らしぶりの改善を願い活動した賢治の言葉は、被災者や復興を担う人々への励ましとなるよう引用された。いつも正しく人を祈ることができず、また、「たったひとりをいのってはいけない」と苦しんだ賢治の祈りは、時を経て、被災者に寄り添いうるものとして、言及されるようになる。

しかし、賢治はこの第三次稿に登場するブルカニロ博士を、『銀河鉄道の夜』最終形である第四次稿では存在ごと抹消してしまう。そして物語の結末も、大きく改められる。なぜさらなる改稿が必要だったのか。次章ではそれを探る。

註

（1）『銀河鉄道の夜』は生前未発表作品であり、賢治自身の手による定稿は存在しない。本章では、見舞文の下書裏面を原稿用紙として使用した部分や、提出された構想を継承している部分に注目し、初期形（第一・二・三次稿）と後期形（第四次形）が存在する『銀河鉄道の夜』本文のうち、引用する場合には第三次稿を用いることとする。
（2）栗原敦『宮沢賢治――透明な軌道の上から』（新宿書房、一九九二年）、一二～一三頁。
（3）上田哲『宮沢賢治　その理想世界への道程』（明治書院、一九八八年）、二〇～二一頁。
（4）田中智学は関東大震災発生直後から、国柱会の会員を組織して罹災者の救援活動を行う。それと並行して、国柱会の機関誌である『天業民報』の普及活動も行う。震災発生から二カ月後には、政治結社・立憲養生会を結党し、現実変革のための政治活動を行う。賢治はこの立憲養生会の活動にかかわっていない（大谷栄一「〈国土成仏〉という祈り――宮沢賢治と日蓮主義」〈『ユリイカ』第四三巻八号、二〇一一年〉、一八六～一九五頁参照)。

(5) 関東大震災と『銀河鉄道の夜』を扱った先行研究として、奥山文幸『宮沢賢治『春と修羅』論――風景と映像』(双文社、一九九七年)がある。奥山自身が阪神大震災後に抱いた感覚との連想などから、震災と創作が関連するという予想を提出したものである。

(6) 賢治の宇宙観については、大沢正善「宮沢賢治とアレニウスの宇宙観」(『岐阜聖徳学園大学国語国文学』第三五号、二〇一六年)、四四～九一頁が詳しい。

(7) 高知尾智耀「宮沢賢治の思い出」(『真世界』真世界社、一九六七年)、三〇頁。

(8) 本章における田中智学のテキストは、田中智学講述『日蓮主義教学大観』(真世界社、一九九三年)に拠った。これは一九〇三年から一九一〇年にかけて成立した『妙宗式目講義録』が、一九一七年に『本化妙宗式目講義録』に改題され、さらに一九二五年に『日蓮主義教学大観』に改題されたものを復刊したものである。以下『大観』と記す。

(9) 関登久也『宮澤賢治素描』(真日本社、一九四七年)、四八頁。

(10) 智学の芸術観については、ブレニナ・ユリア「田中智学の「国性芸術」――思想劇『人形の家を出て』に着目して」(『同朋文化』第一二号、二〇一七年)、五三～八〇頁を参照した。

(11) 『大観』、六八～六九頁。

(12) 通称「宮沢家手入れ本」には、出版時からかなりの改稿が行われている。『【新】校本宮澤賢治全集　二　詩Ⅰ本文篇』には、出版時と「宮沢家手入れ本」の両方が本文として収録されている。

(13) 前掲註(5)奥山『宮沢賢治『春と修羅』論』、二四〇～二四一頁。

(14) 前掲註(2)栗原『宮沢賢治』、七九頁。

(15) 加藤文雅編『日蓮聖人御遺文』(祖書普及會、一九一〇年)、二九九～三〇八頁。

(16) 同前書、三七三～三九二頁。

(17) 大谷栄一『日蓮主義とは何だったのか――近代日本の思想水脈』(講談社、二〇一九年)、三五二～三五五頁。

(18) 明治・大正・昭和をひとまとめにみたとき、そのおよそ半ばの転換期に起きた関東大震災を区切りとし、それが文学に及ぼした影響を考慮した区分のこと。

(19) 菊池寛「災後雑感」(『文藝春秋』、一九二三年一一月号〈二〇一一年五月号再録所見〉)。

第七章

『銀河鉄道の夜』における他者

「カムパネルラ、僕たち一諸に行かうねえ。」

――『銀河鉄道の夜』［一一・一六七］

序

『銀河鉄道の夜』〔一一・一二三〜一七二〕は、数ある賢治の作品のうちでも、特に高い人気を誇る。賢治が没した翌年である一九三四年に文圃堂から刊行された全集に収録されたのをはじめとし、数多くの出版社から繰り返し書籍化されている。その後、現代に至るまで、映画化、舞台化、ドラマ化など、幅広いメディア展開を遂げている。また、この作品に影響を受けた創作も盛んである。漫画、ライトノベル、アニメ、邦楽、交響曲、プラネタリウム番組など、多岐にわたる創作が行われている。その勢いは、賢治の生誕から一二〇年が過ぎた今でも、衰えることがない。本章では、『銀河鉄道の夜』が未完に終わったのは、賢治が創作上で自身の信仰を貫こうとすると同時に、ともに在りたいと願う他者の姿を捉えようと葛藤し続けたためであるという読みを行う。

現代に至るまでこの作品が読み継がれている理由は、一つには、幻想的な宇宙空間を走る鉄道[1]というモチーフが、未だ色褪せない斬新さと魅力を保つゆえであろう。

それと同時に、多様な他者とかかわり、彼らの在りようを受け入れようとしつつ、揺れ動くジョバンニの心情の描写も、『銀河鉄道の夜』の大きな魅力となっている。主人公ジョバンニは、クライマックスで「みんなのほんたうのさいはひ」を希求するに至るまでに、さまざまな他者と交流し、時には「ほんたうの神さま」について論争を行うこともある。これらの描写には、賢治のそれまでの人生における出会いと別れ、およびそれにまつわる思索の集大成が反映されているのではないだろうか。

第一節　教化の否定と保阪嘉内

『銀河鉄道の夜』の最終形である第四次稿は、賢治のそれ以前の創作とはいくらか異なる性格を持つ。それは賢治創作が、布教の手段から、純粋に信仰を表現するためのものへと、移行していくためである。

本書のこれまでの章では、賢治が田中智学の主張を枠組みとしながら父と向き合おうとし、また妹・トシの追善を行おうとし、ついにはトシ以外の「すべてのいきもの」や「みんな」を創作上で祈ろうとするに至る過程を追ってきた。それらは真摯な創作であるが、あくまでも智学の主張を枠組みとするものでもある。そしてその智学は、時に過激な語彙を用いて強い主張を行う。たとえば第六章で紹介したように、智学は「大文人大詩人」の創作であっても、「世間救済」「本化の法」にかかわらないのであれば、「何の役にも立たぬ」と言い切っている。

ところが、賢治はのちに教化を否定する文句を書きつけている。書きつけた先は、「雨ニモマケズ」が記されていたことから、『雨ニモマケズ手帳』と呼ばれるようになった一冊の手帳である(2)。以下にその箇所を引用する。

筆ヲトルヤマズ道場観
奉謂ヲ行ヒ所縁

仏意ニ従フヲ念ジ
然ル後ニ全力之
ニ従フベシ
断ジテ教化ノ考タルベカラズ！
タヾ純真ニ
法楽スベシ。
タノム所オノレガ小才ニ
非レ。タヾ諸仏菩薩
ノ冥助ニヨレ。

（傍線筆者）［一三（上）・五六五］

「筆ヲトルヤマズ道場観」以降の五行は、国柱会独自の修行法を踏まえた表現である。[3] 賢治がその最晩年へと差し掛かっていく時期にも、国柱会の修行法を念頭に置きつつ創作を行おうとしていることが読み取れる。

しかし、ここで賢治は、執筆は純粋な信仰のあらわれであると同時に、「断ジテ教化ノ考タルベカラズ！」としているのである。

つまり、ここで賢治は教化を否定している。その理由を考える際には、賢治が実際にかかわりを持った人々のことを思い起こすべきだろう。

賢治の生涯において、見落とすことのできない存在がある。盛岡高等農林学校時代の学友・保阪嘉内である。(4) 賢治とは寄宿舎の同室であった。入学直後の保阪は、トルストイに影響を受け、農村改革を行いたいという夢を賢治に語ったのだという。二人はともに戯作の上演や同人誌の発行を行い、またともに岩手山に登ることなどを通じて親友となっていく。保阪は賢治の生涯のキーパーソンであるため、のちの補章でもあらためて取り扱う。

保阪は一九一六年に、盛岡高等農林学校農学科第二部に入学する。一九一七年七月一日に同人誌『アザリア』が創刊されると、賢治とともにその中心メンバーとなる。しかし、保阪は退学処分を受けてしまう。一九一八年三月発行の『アザリア』第六号に保阪が寄稿した「社会と自分」という文章の中に、「今だ。今だ。帝室を覆すの時は。ナイヒリズム」という一節があり、それが大きく問題視されたためである。その後、保阪は明治大学に籍を置きつつ札幌もしくは駒場の農科大学への再入学を目指すが、母の急死をきっかけに進学を断念し、故郷の山梨に戻る。一九一九年一一月から一年間、志願兵として入隊する。除隊後は山梨で新聞記者として勤めたのち、農業生活に入る。保阪は山梨で結婚し、子供を二人授かっている。

賢治は保阪に、非常に強い思い入れを抱いている。保阪に退学処分が下った際、賢治は学校側に処分の取り消しを嘆願している。その後も、退学になった保阪を励ましつつ、賢治が初めて触れた『法華経』の赤い本そのものを送っている。保阪の母が急死した際も、『法華経』、特に「如来寿量品」を用いて追善を行うようすすめている。賢治の法華信仰と創作において、死者の追善という主題は非常に大きなウェイトを占めるが、その萌芽は、保阪への励ましの中にある。

賢治はさらに、智学を信奉し、国柱会に入会したことを保阪に報告する。(5) それと同時に、保阪に国柱会へ入会するよう勧誘するようになる。賢治が保阪へ宛てた書簡は、量の点でおびただしく、熱量の点で触れる者をたじろがせる。(6) たとえば、一九二〇年一二月上旬のものと推定される書簡の一部を、以下に引用する。


一諸《ママ》に正しい日蓮門下にならうではありませんか。諸共に梵天帝釈も来り踏むべき四海同帰の大戒壇を築かうではありませんか。

私が友保阪嘉内、私が友保阪嘉内、我を棄てるな。　［一五・一九七］

賢治は保阪に対し、国柱会に入会するよう嘆願した。保阪が国柱会に入会しないことは、賢治にとって、保阪から棄てられることに等しかったのである。

一九二一年七月、保阪と賢治は、一度だけ東京で再会した。保阪の手帳には、賢治との面会の予定を記した上から、大きく斜線が引かれている。賢治はのちに『図書館幻想』［一二・二七六～二七七］という作品を著し、主人公が「一寸胸のどこかが熱くなったか熔けたかのやう」になりながら会いに行った相手が、「振り向いて冷やかにわらった」という描写を行っている。

結局、保阪が国柱会に入会することはなかった。賢治が保阪へ宛てたおびただしい数の書簡からは、烈しい願いが滲む。賢治は己の信ずるところのものを熱く主張すると同時に、親友にも同じ信仰を抱いてほしいと切望する。『銀河鉄道の夜』のカムパネルラのモデルであると指摘されることもある保阪に対し、賢治は何度も国柱会入会を懇願している。そしてそれは、叶わぬ願いであった。賢治は教化に失敗したのである。そして、第一章で言及したように、賢治は父・政次郎も改宗させることができなかった。

賢治は保阪の教化に失敗しただけでなく、教化を志向する創作にも行き詰まっている。たとえば『ビヂテリアン大祭』は、智学の影響を受けながら菜食主義を主題とした作品である。しかしこれは、「万国禁肉会」を組織し、仏の教えの素晴らしさを広めようという智学の主張を、素直になぞるものではない。大会参加者による菜食主義批判は、すべて大会主催者に仕組まれた自作自演の演出であり、真摯な議論は最初から存在しなかった。語り手は「ぼんやり」とし、物語を締めくくることを放棄してしまう。

理想を追い求め、それを皆で共有しようという試みを、現実で実らせることは、どうあがいても困難である。『ビヂテリアン大祭』は理想の提示に走るものではなく、むしろ現実の困難さを想定し、反映したものであるように見受けられる。

この現実の困難さは、『銀河鉄道の夜』にも反映されている。次節以降でそれを扱う。

第二節　殺生戒を犯す者としての鳥捕り

本節では、『銀河鉄道の夜』における「鳥捕り」という登場人物の造形を分析する。

この「鳥捕り」は、読んで字のごとく、鳥を捕ることを生業としている登場人物である。この造形に関しては、工藤哲夫が田中智学監修の『本化聖典大辞林　上』の「あくりちぎ」の項が着想のもととなった可能性を指摘している。(7) 以下にその「あくりちぎ」の項を引用する。

「四恩鈔」等に出づ。無慈、殺生、害他の悪しき律儀を以て生業とする者をいふ。〔中略〕「雑心論」に十二種「雑集論」に十四種「法華経安楽行品」に六種等その類を挙げたり。就中「大涅槃経」師子吼品に十六種の悪律儀を出だせるを備れりとす。即ち経に

復タ次ギニ善男子ヨ、何ナルヲカ復タ戒ヲ修習ストハ名クルヤト云ハゞ、若シ能ク一切衆生ノ十六ノ悪律儀ヲ破壊スルナリ。何等ヲ十六トスル。一ニ利ノ為ニ羔羊ヲ飼ヒ、肥ユレバ転売ス。二ニ利ノ為ニ買ヒ已リテ、屠殺ス。三ニ利ノ為ニ猪豚ヲ飼ヒ、肥ユレバ転売ス。四ニ利ノ為ニ買ヒ已リテ屠殺ス。五ニ利ノ為ニ牛犢《ウシコウシ》ヲ飼ヒ、肥ユレバ転売ス。六ニ利ノ為ニ買ヒ、肥ユレバ転売ス。七ニ利ノ為ニ鶏ヲ飼ヒ、肥ユレバ転売ス。八ニ利ノ為ニ買ヒ已リテ屠殺ス。九ニ魚ヲ釣ル。十ニ猟師。十一ニ劫シ奪フ。十二ニ魁膾。十三ニ網ヲ以テ飛鳥ヲ捕フ。十四ニ両舌。十五ニ獄卒。十六ニ呪龍ナリ。能ク衆生ノ為ニ、永ク是ノ如キ十六ノ悪業ヲ断ゼバ、是ヲ戒ヲ修ムト名ク。（文）

とあり。慈恩は悪律儀を以て、梵語「旃陀羅」の訳となせり。〔後略〕(8)

このうちの「十三ニ網ヲ以テ飛鳥ヲ捕フ」のくだりから『銀河鉄道の夜』における「鳥捕り」を着想したとすれば、賢治は確かに悪律儀、つまり生業として生き物を殺すことを意識して鳥捕りという人物を描いたといえる。

鳥捕りに関する先行研究において、その殺生の罪を指摘するものは多い。たとえば吉本隆明[9]や西田良子[10]は、そのような立場を取っている。両者はその根拠として、幻想世界を階級観、等級観で捉えており、銀河鉄道を下車する順番は罪深い者ほど早いとする。しかしこの『銀河鉄道の夜』の幻想世界において、鳥捕りが殺生の罪を犯していると断定するのは早計である。作中において生き物を捕る描写は、鳥捕りが鳥を捕る場面の他に二カ所ある。鳥捕りの下車後を描いたそれらの場面においては、生き物を捕ることが躍動感と高揚感に溢れるものとして描写されており、より下車の順が遅い登場人物たちが胸を躍らせてこれらを観賞していることから、この等級観はあたらない。加えて西田は、鳥捕りがかつて現世で殺生の罪を犯していたと主張するが、作中でその死亡時のエピソードが語られるカムパネルラや家庭教師の青年などの登場人物と異なり、そもそも鳥捕りがかつて生者であったという根拠は本文中に見出せない。

これと関連し、畑山博は、鳥捕りは一時的な乗客である死者とは異なり、銀河鉄道の事情に詳しいという設定であるため、死者ではなく幻想世界の住人であると指摘している[11]。以上から、鳥捕りを死者であると断定することはできず、その生前の罪を指摘するのも根拠に乏しいと言える。

では、鳥捕りが幻想世界で鳥を捕る行為は殺生にあたるのだろうか。それを考察するにあたり、まず鳥捕りが鷺について述べている台詞を引用する。

「そいつはな、雑作ない。さぎといふものは、みんな天の川の砂が凝って、ぼおっとできるもんですからね、そして始終川へ帰りますからね、川原で待ってゐて、鷺がみんな、脚をかういふ風にして下りてくるとこを、そいつが地べたへつくかつかないうちに、ぴたっと押へちまふんです。するともう鷺は、かたまって安心して死んぢまひます。あとはもう、わかり切ってまさあ。押し葉にするだけです。」

次に、鳥捕りが鳥を捕る場面を引用する。

〔前略〕がらんとした桔梗いろの空から、さっき見たやうな鷺が、まるで雪の降るやうに、ぎゃあぎゃあ叫びながら、いっぱいに舞ひおりて来ました。するとあの鳥捕りは、すっかり注文通りだといふやうにほくほくして、両足をかっきり六十度に開いて立って、鷺のちぢめて降りて来る黒い脚を両手で片っ端から押へて、布の袋の中に入れるのでした。すると鷺は、蛍のように、袋の中でしばらく、青くぺかぺか光ったり消えたりしてゐましたが、おしまひたうたう、みんなぼんやり白くなって、眼をつぶるのでした。ところが、つかまへられる鳥よりは、つかまへられないで無事に天の川の砂の上に降りるものの方が多かったのです。それは見てゐると、足が砂へつくや否や、まるで雪の融けるやうに、縮まって扁べったくなって、間もなく熔鉱炉から出た銅の汁のやうに、砂や砂利の上にひろがり、しばらくは鳥の形が、砂についてゐるのでしたが、それも二三度明るくなったり暗くなったりしてゐるうちに、もうすっかりまはりと同じいろになってしまふのでした。

この場面の描写は、『銀河鉄道の夜』の作品中においても、とりわけ幻想的で美しいものである。「かたまって安心して死んぢまひます」というくだりからは、鷺に命があることが読み取れる。しかし、この描写からは血なまぐさい殺生の臭いはしない。現実世界と幻想第四次の世界とでは、鳥を捕るという行為にかなり大きな違いがある。

ここで、『注文の多い料理店』序［一二・五］を確認したい。

わたしたちは、氷砂糖をほしいくらゐもたないでも、きれいにすきとほつた風をたべ、桃いろのうつくしい朝の日光をのむことができます。〔中略〕これらのちいさなものがたりの幾きれかが、おしまひ、あなたのすきとほつたほんたうのたべものになることを、どんなにねがふかわかりません。

「すきとほつたほんたうのたべもの」は、第五章で扱ったように、智学の主張する「食の霊化」を賢治なりに継承したものであると思われる。賢治は「すきとほつた風」や「桃いろのうつくしい朝の日光」を飲むことができると言い、賢治が紡ぐ「ちいさなものがたりの幾きれ」が、「すきとほつたほんたうのたべもの」になることを祈る。

そうして賢治は『銀河鉄道の夜』において、血を流さない鳥の姿をしたものを捕え、お菓子を得るという場面を描き出すのである。

生存のためには食物を得る必要があり、食物を得るには、何かの命を奪わなければならないため、殺生戒の遵守は究極的には生存と両立しえない。それゆえ、『よだかの星』のよだかは、虫を食べて生きていることに苦しみ、星へと転生を果たす。熊を撃つことに苦悩し始めた『なめとこ山の熊』の小十郎は、熊の反撃をゆるし、命を落とす。

賢治は、『注文の多い料理店』という短編集を通して、無暗な殺生を戒めたり、避けられない殺生の苦悩を描かずにはいられなかった。それらを描いた物語が「おしまひ、あなたのすきとほつたほんたうのたべもの」になることを願った賢治は、殺生を犯すことなく得ることができる食べ物について考え続けた結果、鳥捕りを形作ったと考えられるのである。

賢治は確かに生業として生物を殺すことを意識し、鳥捕りという人物を『銀河鉄道の夜』に登場させたのだろう。しかし、それは鳥捕りを罪深い者として描くためではなく、むしろ殺生を行いながらも生きていくことを、なんとか受け入れようとした試みであるようにも見受けられる。賢治にとって、殺生戒の遵守のためにそれを犯す者の命を終わらせることは、最終的な理想ではなかったのである。

鳥捕りには、主人公であるジョバンニが鳥捕りに対して彼の「ほんたうの幸」を祈る、という展開も用意されている。まず、ジョバンニの鳥捕りに対する感情を引用する。

ジョバンニはなんだかわけもわからずにはかにとなりの鳥捕りが気の毒でたまらなくなりました。鷺をつかまへてせいせいしたとよろこんだり、白いきれでそれをくるくる包んだり、ひとの切符をびっくりしたやうに横目で見てあはてゝほめだしたり、そんなことを一一考へてゐると、もうその見ず知らずの鳥捕りのために、ジョバンニの持ってゐるものでも食べるものでもなんでもやってしまひたい、もうこの人のほんたうの幸になるなら自分があの光る天の川の河原に立って百年つゞけて立って鳥をとってやってもいゝといふやうな気がして、どうしてももう黙ってゐられなくなりました。ほんたうにあなたのほしいものは一体何ですか、と訊かうとして、それではあんまり出し抜けだから、
（傍線筆者）

ジョバンニが鳥捕りに対してこのような感情になるのは、いささか唐突である。また、「なんだかわけもわからずににはかに」や「それではあんまり出し抜けだから」というくだりから賢治自身も自覚した上での描写であっただろう。しかしこのような描写によってここに込められた強い意図は、やはり鳥捕りの生き方を受容しようというものであろう。殺生戒の遵守を、死以外の結末で描くことができなかった賢治は、だからジョバンニに鳥捕りの代わりに「鳥をとってやってもいゝ」と思わせる。その生を受容するためには、殺生から解放することが賢治にとっての必然であるゆえである。

しかし鳥捕りに関する試みが、作中で十全に達成されたとは言いがたい。鳥捕りが生計を立てているのが「不確かな幻想第四次」であり、現実世界とは異なる場所であることは、鳥捕り自身の口を通じて語られる。鳥捕りは、章の終わりでいつの間にか姿を消している。鳥捕りの「ほんたうの幸」が何であるか、ジョバンニが鳥捕りに直接尋ねることは叶わないまま、物語は次の場面へと展開するのである。

鳥捕りの造形には殺生を行いながら生きていく者を受容するための仕掛けが施されている。しかし、それは同時に、殺生を行わずには生きられないという問題の解決の困難さを示してもいるのである。

第三節　信仰の異なる他者としての家庭教師の青年たち

本節では、鳥捕りが姿を消した次の場面に登場する家庭教師の青年とその教え子である姉弟を考察することで、賢治が信仰の異なる他者をいかに描こうとしていたかを検証する。

彼らは、乗船していた客船が氷山に衝突して沈没したことを語る溺死者である。また彼らは、「ハルレヤ、ハルレヤ。」の声が響く「サウザンクロス」で下車するため、クリスチャンを思わせる造形となっている。

彼らが下車する直前、ジョバンニと「ほんたうの神さま」についてやり取りした場面を以下に引用する。

「僕たちと一諸《(ママ)》に乗って行かう。僕たちどこまでだって行ける切符持ってるんだ。」「だけどあたしたちもうこゝで降りなけぁいけないのよ。こゝ天上へ行くとこなんだから。」女の子がさびしさうに云ひました。

「天上へなんか行かなくたっていゝぢゃないか。ぼくたちこゝで天上よりももっといゝとこをこさえなけぁいけないって僕の先生が云ったよ。」「だっておっ母さんも行ってらっしゃるしそれに神さまが仰っしゃるんだわ。」「そんな神さまうその神さまだい。」「あなたの神さまうその神さまよ。」「さうぢゃないよ。」「あなたの神さまってどんな神さまですか。」青年は笑ひながら云ひました。「ぼくほんたうはよく知りません、けれどもそんなんでなしにほんたうのたった一人の神さまです。」「ほんたうの神さまはもちろんたった一人です。」「あゝ、そんなんでなしにたったひとりのほんたうのほんたうの神さまです。」「だからさうぢゃありませんか。わたくしはあなた方がいまにそのほんたうの神さまの前にわたくしたちとお会ひになることを祈ります。」

ジョバンニは「ほんたうの神さま」について彼らと共通認識を抱くに至ることができない。ジョバンニは、彼らが天上だと信じる場所で下車することに、納得がいかない。ジョバンニは彼らをなんとか引き留めようと試みたのち、悲しみながら見送ることになる。信仰が異なる他者との別離を、苦悩の果てに受け止めようとした、賢治自身を投影した箇所であるかのように見受けられる。

殺生戒を犯すことで生計を立て続ける鳥捕りや、信仰の異なる他者である家庭教師の青年とその教え子たちを登場させたことは、賢治が、究極的には現時点で同じ信仰を抱き得ない人々も、ともに幸福になれる方法を希求していたことを示す。それを象徴するのが、旅の最後に登場するブルカニロ博士という登場人物が第三次稿において述べる、

みんながめいめいじぶんの神様がほんたうの神さまだといふだらう、けれどもお互ほかの神さまを信ずる人たちのしたことでも涙がこぼれるだらう。

という台詞である。信仰が異なる人々も、賢治自身と同じだけの規範意識を抱かない人々も、この

『銀河鉄道の夜』には登場する。彼らは彼らの神さまを信じ続け、彼らの天上に召されていく。彼らの登場は、折り合うことが難しく、しかしともにあることを希求せずにいられない他者の姿とその共存のかたちを、なんとかあらわそうとした試みであろう。

しかし、その試みも、実った状態で提示されているとは言いがたい。家庭教師たちと別れたことは、ジョバンニが旅の最後に、「みんなのほんたうのさいはい」とは何であるのかという切実な問いを抱くことにつながる。しかし、それを希求する決意を述べ、「どこまでもどこまでも僕たち一諸に進んで行かう」と呼びかけたカムパネルラは、いつの間にか姿を消してしまう。家庭教師の青年たちを見送ったのち、いまいちどカムパネルラという最も身近な他者への呼びかけを行っても、それに対する応答は得られない。

カムパネルラのモデルは、保阪であるとも、妹・トシであるとも指摘されてきた。トシは賢治より先に死んでしまい、どこへ行ったかわからない。保阪とは、どんなに懇願しても、同じ信仰を抱くことが叶わなかった。いずれにせよ、カムパネルラが姿を消してしまうことも、現実の困難さを反映するかのような造形である。

そもそも、この物語が鳥捕りによって、「不確かな幻想第四次」と形容される幻想空間を舞台にしていることが、それぞれの問題の解決の困難さを示してもいる。

先に引用した「めいめい」の台詞は、最終稿にあたる第四次稿で、ブルカニロ博士ごと抹消されている。賢治がブルカニロ博士の台詞を通じ、宗派の違いを超えて至りうる「ほんたう」を措定しようとした試みは、第四次稿において消去されているのである。なぜこの台詞は消去されてしまったのか。

また、なぜブルカニロ博士はその存在を抹消されてしまったのであろうか。次節ではそれを探る。

第四節　ジョバンニの切符と賢治の信仰

本節では、先に挙げたブルカニロ博士、および「めいめい」の台詞が消された理由を、賢治自身の法華信仰から探る。

『銀河鉄道の夜』は、一見したところ、仏教色の薄い作品である。しかし作品を詳細に分析していくと、賢治がジョバンニの造形に自身の法華信仰を背負わせていることが読み取れる。先に引用した「ほんたうの神さま」に関するやり取りにおいて、ジョバンニが家庭教師たちを引き留めようと、「こゝで天上よりももっとい、とこをこさえなけぁいけないって僕の先生が云ったよ」と述べたことについて、上田哲は「僕の先生」を田中智学であるとし、社会事業に乗り出していた国柱会の教義を反映する台詞だと指摘している(12)。

この「ほんたうの神さま」についての応酬は、ほとんど宗教論争の域に達するようなものである。ジョバンニが必死に家庭教師の青年たちを説得しようとする姿は、賢治に未だ教化の意図、折伏《しやくぶく》の志向があることを反映したものであるようにも見受けられる。

『銀河鉄道の夜』は、その鑑賞に高度な宗教的予備知識を要請しない構成となっている。ジョバンニも、自身が思う神について尋ねられたとき、「ぼくほんたうはよく知りません」と述べている。しかし、前述のやり取りのように、賢治が智学から受けていた影響の片鱗をうかがうことができる描写も存在するのである。

『銀河鉄道の夜』からうかがうことができる賢治の信仰の片鱗として、最も重要なのは、ジョバンニがいつの間にか所持していた切符である。これは他の乗客が所持しているものとは異なる、「おかしな十ばかりの字を印刷したもの」であった。この切符が日蓮の曼荼羅を思わせるものであることは、すでに正木晃らが指摘している。(13)

このジョバンニの切符は、「ほんたうの天上へさへ行ける」「どこまででも行ける」ものだとされ、明らかに他の乗客の切符より上位に置かれている。法華信仰を持つ者であることを示す曼荼羅が「どこまででも行ける」切符であり、ジョバンニがそれを所持していたことは、この『銀河鉄道の夜』において、賢治が自身の信仰を表明した証左であると言える。

しかし、折伏的な態度を示すことで、現実の困難さを解決できないことを、賢治はすでに知っている。そうして賢治は、直接的な仏教色を控え、ジョバンニが自身の信仰に無自覚であるかのように造形している。しかし同時に、法華信仰の優位性を作中で示さずにはいられなかったのである。他者の在りようを受け入れようとする試みが、作中で幾通りも仕掛けられ、破綻していくのは、賢治の篤い法華信仰のゆえである。

『銀河鉄道の夜』は、教化によらないかたちで「みんなのほんたうのさいはい」を模索することを意図して構想されたと推測できる。思想信条が相容れないままの他者が、共通認識を抱くには至れないまでも、争わずにともに旅をする幻想第四次の世界は、賢治が理想郷として構築しようとしたものである。しかし同時に、幻想世界は非常に不確かなものであり、現実世界は依然として困難の多い場であることも、示唆されている。

　賢治の法華信仰があまりにも篤いものであったゆえに、物語の性格は分裂している。それは他者と折り合いたいという願いとは引き裂かれたかたちで、彼の法華信仰が姿をのぞかせているためなのである。

結

『銀河鉄道の夜』には、他者の在りようを受け入れようとした重層構造が仕掛けられ、そのどれもが十全に実らないまま、結末へと畳みかけられている。

　賢治の他者の在りようをそのまま受け入れようとする試みは、物語の結末において、位相を変え、いまいちど立ち現れる。『銀河鉄道の夜』の最終形である第四次稿において、ブルカニロ博士は抹消され、結末も大きく変更される。第三次稿までは、カムパネルラが姿を消した直後にブルカニロ博士が登場し、旅の種明かしを行う。博士による「私の考を人に伝へる実験」として眠らされたジョバンニがみた夢が、銀河鉄道での旅であったと明かされるのである。ジョバンニがその実験によって感化され、ブルカニロ博士の教示によって「みんなのほんたうのさいはい」の希求を決意することで、物語は幕を閉じる。

　それに対し第四次稿では、カムパネルラが姿を消した直後、ジョバンニは号泣するのみであり、決意を述べる描写は行われない。ブルカニロ博士も、もはや登場しない。ジョバンニはその後、いつの間にか地上に帰還しており、そこから現実世界での様子が描写される。カムパネルラは級友を助けるために川へ飛び込んだまま行方不明となっており、ジョバンニは他の級友やカムパネルラの父からそれを聞かされる。ジョバンニは、「のどがつまって何とも云へ」なくなり、一目散に走って家に帰る。

作者の視線を反映する非常に教示的な性格のブルカニロ博士が消去されたことは、この時期賢治が使用していた『雨ニモマケズ手帳』に「断ジテ教化ノ考タルベカラズ！」と書きつけられていたことと符合する。このような結末を用意したことは、賢治が新たな位相で読者という他者を想定しようとしたことをあらわすのではないか。賢治が組み上げた枠組みへと、読み手という他者を強引に回収することを志向するのではなく、解釈を未来の読み手に委ねるような末尾へと書き換えたことは、創作上において、多様な他者を反映した人物を配したのとは異なる位相においても、他者の在りようを受け入れようとした試みであろう。

賢治はこの『銀河鉄道の夜』第四次稿で、教化の意図を乗り越え、他者の在りようを想定しようと試みているのである。

賢治が『銀河鉄道の夜』を通じて希求したのは、「みんなのほんたうのさいはい」である。それは畢竟、皆が同時に抱きうるもの、皆がともに至りうる場所を措定する試みであった。賢治は篤い法華信仰を自認しており、人々を法華信仰へ導くことこそが、皆を幸福に導くことであると信じてもいた。しかし、実生活上での苦悩を通じ、それが皆を幸福にしない、少なくともその遵守が非常に困難であり、皆がそれを選びとることは不可能であると悟ったとき、賢治は創作上で「みんなのほんたうのさいはい」をあらためて問う。そして規範の提示を行うことによる教化を志向するのでなく、皆を救いうる「ほんたう」を探し求めるために、いくつもの思考実験を仕掛けたのが、この『銀河鉄道の夜』なのである。

ブルカニロ博士の教示的性格については、その存在を抹消することで解決したと言える。しかし賢治は、ジョバンニの切符については最後までその描写を改めることがなかった。賢治は創作の意図として、自身の法華信仰の表明と他者受容の志向という相反する二つのベクトルを抱えたまま、この作品上ではついに着地点を見出すことができなかったのである。

未完に終わった『銀河鉄道の夜』であるが、この作品は本論の序で紹介したように、未だに非常に多くの人々に愛されている。枚挙にいとまのないほどの派生作品が次々と生み出され、またそれらの創作が人々の目に触れることによって、さらなる拡散を続けている。この拡散が、一九七一年より筑摩書房から順次刊行された『【新】校本宮澤賢治全集』以降であることは、注目に値する。これは『銀河鉄道の夜』の草稿には第一次稿から第四次稿まで大きく三度にわたる改稿が行われたことが初めて推定された時期である。そしてこの検討により、第三次稿までは旅の種明かしとしてブルカニロ博士が登場するが、最終形である第四次稿ではブルカニロ博士が抹消され、結末が大きく改められていることも、明らかとなったのである。

現在広く読まれている『銀河鉄道の夜』は、このブルカニロ博士が登場しない第四次稿を底本としたものがほとんどである。賢治が位相を変えて他者を受容しようとした試み、まだ見ぬ未来の読者にテキストの解釈を委ねた祈りは、生誕から一二〇年を過ぎた今なお、数多の読み手という受け手を得て、受け継がれていると言える。

賢治は「みんなのほんたうのさいはい」を希求し続けた。『農民芸術概論綱要』[14]〔一三（上）・九～一六〕という草稿が遺されている。『銀河鉄道の夜』の執筆と同時期のものである。賢治はここで、宗教と科学の一致、職業と芸術の一致という壮大な理想を語りつつ[15]、「世界がぜんたい幸福にならないうちは個人の幸福はありえない」「われらは世界のまことの幸福を索ねよう求道すでに道である〔中略〕／永遠の未完成これ完成である」と述べている。

賢治は「みんなのほんたうのさいはい」を、その実現を求め続ける営みのさなかに見出す。畢竟、『銀河鉄道の夜』が晩年まで推敲を重ね続け未完の作品となったことそのものが、「みんなのほんたうのさいはい」へ至るための営みだったと言えるのである。

註

（1）見田宗介は、鉄道を「想像力解放のメディア」と定義する〈見田宗介『宮沢賢治――存在の祭りの中へ』〈岩波現代文庫、二〇〇一年〉〉。それを受けて辻泉は、鉄道をメディアの一種と位置づけ、近現代日本における鉄道が、少年たちの想像力を掻き立てるものとして愛好された歴史を研究している〈辻泉『鉄道少年たちの時代――想像力の社会史』〈勁草書房、二〇一八年〉〉。

（2）一九三一年一〇月から一九三一年末、もしくは一九三二年初めまで使用されていたことが特定されている。

（3）森山一『宮沢賢治の詩と宗教』〈真世界社、一九七八年〉、一五五頁。

（4）以降、本章における保阪嘉内についての記述は、菅原千恵子『宮沢賢治の青春――〝ただ一人の友〟保阪嘉内をめぐって』〈ＪＩＣＣ出版局、一九九四年〉に拠る。

なお、賢治研究における保阪の扱いは、非常にセンシティブな問題となっている。賢治が同性に対し、友愛の範囲に留まらない強い思い入れを抱いていた可能性を、避けようとする傾向があるためである。

先に挙げた菅原は、保阪と賢治の間に、「精神的な」恋があったという立場を取っている。山下聖美『賢治文学「呪い」の構造』（三修社、二〇〇七年）も、それに肯定的な見解を示している。

賢治が同性を愛した可能性を排除しようとする論もある。たとえば、澤口たまみ『宮沢賢治　愛のうた』（盛岡出版コミュニティー、二〇一〇年）は、賢治の研究史において、賢治の秘められた恋の相手が妹・トシや保阪嘉内であるとされてきたことに言及し、「それらの愛が「タブー」だからという理由で、むやみに否定するつもりはありません。けれどもやはり、不自然なのです」と綴る。また、「私たちは今こそ、〔中略〕女性を愛した賢治のほんとうの姿を、静かに受け止めるべきでしょう」とも綴る。これは、澤口自身が近親間の性愛と同性愛を同列に「タブー」であり「不自然」なものであると捉えていることの表明である。またそれと同時に、賢治のほんとうの姿は異性愛者であるという主張を行うものでもある。

筆者は、この澤口説に批判的な立場を取る。そもそも、同性愛をして「タブー」「不自然」と形容することは、現代的な価値観に照らし、差別的である。また、賢治が女性を愛したと指摘することは、賢治が男性を愛さなかったことの証左にはならない。澤口は、ある個人の性愛の対象が、ひとつの属性に限定されるとは限らないことを見落としている。

このほか、栗原敦「資料と研究・ところどころ二三　『校本　宮澤賢治全集』で発表出来なかったこと・小沢俊郎さんからうかがった話」（『賢治研究』第一三一号、二〇一七年）、二九〜三二頁は、菅原が複数の賢治研究者から怒りを買った経緯を紹介すると同時に、菅原の研究に否定的な見解を示している。栗原は、「賢治作品の題材や表現動機に一貫して嘉内との交友と別れをみ、果ては具体的な読み手として彼が想定されていたとまで考えることは、賢治の表現の営みの全体像からは頷きにくい」という見解を示す。ここで栗原は、賢治の創作が一貫して保阪に向けられていることを否定する。しかし、栗原のこの見解は、賢治がある時期、ある作品において、保阪を念頭に置いている可能性を排除するものではないとも言える。

なお本章は、賢治が保阪に向けた感情の種類の特定を目的としない。種類が特定できずとも、賢治の保阪に対する思い入れが激しいものであることは明らかである。また、賢治の感情の種類を検証するには、少なくとも、日本の近代における恋愛概念の成立史を踏まえた上で、賢治が内面化していた価値観を探らねばならず、稿をあらためる必要がある。日本の近代における恋愛概念の成立については、田中亜以子『男たち／女たちの恋愛――近代日本の「自己」とジェンダー』（勁草書房、二〇一九年）を、日本の近代における同性愛概念については、前川直哉『男の絆――明治の学生からボーイズ・ラブまで』（筑摩書房、二〇一一年）を参照した。

（5）一九二〇年一二月二日付の［書簡一七七］において、賢治は、智学の講演は保阪の「何分の一」も聴いていないと言いつつも、国柱会に突如として入会したことを報告している［一五・一九五］。この時点では、保阪は賢治よりも多く智学の講演を聴講していたと考えられる。

（6）保阪は、賢治からの書簡をすべて保存していた。これらはのちに保阪の息子と賢治研究者によって、全文が翻刻された。保阪庸夫・小沢俊郎編著『宮澤賢治　友への手紙』（筑摩書房、一九六八年）がそれである。

（7）工藤哲夫『賢治論考』（和泉書院、一九九五年）、二〇八～二〇九頁。

（8）田中智学監修『本化聖典大辞林　上』（国書刊行会、一九八八年）、四六～四七頁。

（9）吉本隆明『悲劇の解読』（筑摩書房、一九七九年）、二六八頁。

（10）西田良子『宮沢賢治論』（桜楓社、一九八一年）、五八頁。

（11）畑山博『宮沢賢治幻想辞典――全創作鑑賞』（六興出版、一九九〇年）、三六九～三七〇頁。

（12）上田哲『改訂版　宮沢賢治――その理想世界への道程』（明治書院、一九八八年）、六一～六二頁。

（13）正木晃「なぜ、宮沢賢治は浄土真宗から日蓮宗へ改宗したのか？」（プラット・アブラハム＝ジョージ、小松和彦編『宮澤賢治の深層――宗教からの照射』〈法藏館、二〇一二年〉）、一二二頁。

（14）生前未発表。賢治は一九二六年一月から三月にかけ岩手国民高等学校（常設ではなく、農村指導者を養成するための集合講座）の講師を務めた折に、この文章に近い講義を行っている。

（15）紙幅の都合上取り上げないが、賢治は仏教思想の他にも、カントの流れを汲む美学者のテオドール・リップスや、マルクスの影響を受けたウィリアム・モリスなど、さまざまな西洋の思想家や文学者に影響を受けていた痕跡がある。特にこの『農民芸術概論綱要』については、トルストイの『芸術論』などを紹介している室伏高信『文明の没落』（批評社、一九二三年）に多大な影響を受けていることが、前掲註（12）上田『宮沢賢治』によって指摘されている。

第八章

賢治童話における自己犠牲

―グスコンブドリから
グスコーブドリへ―

たくさんのブドリのお父さんやお母さんは、たくさんのブドリやネリといっしょに、その冬を暖いたべものと、明るい薪で楽しく暮すことができたのでした。

――『グスコーブドリの伝記』［一二・一九九～二二九］

序

宮沢賢治は、いつも最も身近な他者をきっかけに、思索を始める。他者と向き合う際に用いる枠組みは、仏教の信仰である。そして賢治は、その思索を創作に反映してきた。

賢治の童話で、繰り返し主題となるものがある。自己犠牲である。第六・七章で扱った『銀河鉄道の夜』の主人公ジョバンニは、「僕はもう〔中略〕ほんたうにみんなの幸のためならば僕のからだなんか百ぺん灼いてもかまはない。」〔一一・一六七〕と言う。加えて『銀河鉄道の夜』には、救命ボートの定員を悟り、他の乗客に救命ボートを譲り溺死することを選んだ家庭教師の青年や、川に落ちた級友を助けるかわりに自分は溺死したカムパネルラなど、自らの命を賭して他者の命を救うことを選んだ死者が登場する。ジョバンニは彼らとともに銀河を旅するうちに、先述の決意を抱くに至る。

この誰かの命を救うために、自らの命を擲《なげう》つというテーマは、『グスコーブドリの伝記[1]』という童話でも主題化されている。賢治が没する前年の一九三二年に発表したこの物語は、冷害による飢饉から皆を守ろうと、気象を操作するための大規模な工作を行った結果、主人公ブドリがその命を落とすというものである。

本章では、賢治が最晩年に手がけたものであり、また数少ない生前発表作品でもある『グスコーブドリの伝記』と、その先駆形である未発表の『グスコンブドリの伝記』の二作品を比較・検討することで、賢治が自己犠牲を扱う創作においてあらわした境地を明らかにしたい。

第一節　創作上の自己犠牲

そもそも、賢治の創作には、初期の頃から自分のからだがなくなればいいという願望を抱く登場人物がいる。代表的なのは、『よだかの星』の主人公よだかである。よだかは最初、自分が鷹に殺される運命を嘆き、次に自分も虫を殺して食べて生きていることを嘆き、空へと飛翔を繰り返し、そうしていつの間にか星へと転生を果たす。多くの先行研究において、よだかには、殺生の忌避からの焼身願望があると指摘されている(2)。

そして、殺生の忌避という仕方でなく、より直接的に誰かの命を救うために命を落とす人物が多く登場するのが、『銀河鉄道の夜』である。

『銀河鉄道の夜』には、複数の自己犠牲が描かれている。本章の序でも述べたように、主人公ジョバンニの親友カムパネルラは級友を助けるために川に飛び込んだ結果溺死し、家庭教師の青年たちは救命ボートの収容人数の限界を悟ってボートを譲り溺死を選ぶ。また、家庭教師の教え子である少女が語るのは、本書の序章で紹介した「蝎の火」という寓話である。イタチの捕食から逃げ惑い、井戸に落ちて溺死する蝎は、どうかむなしく命を捨てず、誰かの役に立てたらと祈りながら落命し、星に生まれ変わってそのからだを燃やし続ける。星へと転生を果たすのはよだかと共通するが、蝎はより積極的に、自分の命を誰かのために使いたいと祈る。

これらの自己犠牲のエピソードに接しながら、ジョバンニの旅は続く。ジョバンニは中盤、突如として鳥捕りの「ほんたうの幸」を祈る。また結末付近で、「僕はもう〔中略〕ほんたうにみんなの幸のためならば僕のからだなんか百ぺん灼いてもかまはない」という決意を抱く。

作中におけるジョバンニの他者との交流は、彼が隠された法華の行者として描写されるがゆえに、すべて別離へと至る。しかしそこからは、各々の立場の違いを超えて至りうる「みんなのほんたうのさいはい」を希求する決意と、それへの契機としての自己犠牲を描いていることが読み取れるのである。

次節では、賢治が『銀河鉄道の夜』以降に発表した『グスコーブドリの伝記』と、その先駆形である未発表の『グスコンブドリの伝記』を比較・検討することで、賢治が創作を通じてあらわそうとした最終的な境地を探る。

第二節　『グスコンブドリの伝記』から『グスコーブドリの伝記』へ

先に考察したように、『銀河鉄道の夜』における主人公ジョバンニと他の乗客の交流は、すべてすれ違いや別離に終わっている。しかし、単純な規範の提示としての創作ではなく、他者の多様性を踏まえた上で「みんなのほんたうのさいはい」を希求するという構造を仕掛けていたことは注目に値する。作者である賢治自身が改宗問題および人間関係に苦悩し続ける中で編まれたこの物語は、賢治がそれまでの仏教理解に基づいた規範の提示を志向する創作を超えた理想として、「みんなのほんたうのさいはい」を措定しようとした試みを反映するものである。賢治が『銀河鉄道の夜』においてそれまでの創作における教化を志向する性格を脱しようと試みていたことは、最終的な改稿を行ったのと同時期である一九三一年頃に、通称『雨ニモマケズ手帳』において「断ジテ教化ノ考タルベカラズ!」の書き込みがなされていることも、その証左である。

『銀河鉄道の夜』は、生前未発表、そして未完のまま残された。そのため、ここでは一九三二年の初稿が成立した『グスコーブドリの伝記』〔一二・一九九〜二三九〕を手がかりとする。これは、一九二二年頃までに『ペンネンネンネンネン・ネネムの伝記』(3) をその最初期形とする。そこからいくつかのモチーフを継承し、一九三一年までに『グスコンブドリの伝記』〔一一・二三一〜六八〕が成立する。それとほぼ同じ内容を持つが、主人公の性格などにいくらかの改変を加えたものが、『グスコーブドリの伝記』である。一九三一年以降手入れが行われず、未完、未発表のままであった『銀河鉄道の夜』に比べ、それ以降に発表された『グスコーブドリの伝記』からは、賢治が発表に値するとした境地を探ることが可能だろう。

『グスコンブドリの伝記』および『グスコーブドリの伝記』は、おおむね同じあらすじを持ち、どちらも冷害による飢饉に立ち向かった主人公ブドリの一生を描いている。ブドリは冷害による飢饉に追い詰められ、幼少期に両親が失踪し(おそらくは失踪直後に命を落とし)、妹・ネリを人攫いに連れ去られてしまう。その後、火山の噴火により、職と住む場所をも失う。ブドリはそののち農家に拾われ、働きながら勉学に励み、やがて火山局に勤めるようになる。そして、予測された冷害と飢饉を回避するために、気候を改善する計画を立てる。それは、空気中のガスを増やすために火山を爆発させるものであった。ブドリの計画では、火山を爆発させる工作を行うためには、どうしても一人が命を落とさなければならなかった。そこでブドリは、自らが立てた計画に殉じることとなる。

　では、おおまかな展開はそのままに、なぜさらなる改稿が必要とされたのだろうか。『グスコンブドリの伝記』と『グスコーブドリの伝記』を智学のテキストと比較している先行研究としては、工藤哲夫の綿密な研究がある。工藤は、グスコンブドリの持っていた英雄願望を戒めるために改稿が行われたという推測を示し(4)、また別稿では、賢治が田中智学による「不惜身命」（『法華経』「譬喩品」第三の偈文）の解釈の影響を受けていた可能性を指摘している(5)。

　この工藤説を踏まえた上で改稿の理由を探るため、まず以下に智学が不惜身命について述べているものを引用する。

> 「聖愚問答鈔」に出づ。「法華経」譬喩品の偈の文。法の為に身命を惜しまずといふこと。凡夫の至極の信仰にして、いはゆる命にまさるものなければ、之を供養するは恋法の至なれば也。法華経の信とは是れ也。「法華経」提婆達多品の『不惜軀命』、勧持品の『我不愛身命但惜無上道、《ママ》』如来寿量品の『一心欲見仏不自惜命』の諸文と今の文とは法華経の行者の眼目也。『不惜身命』に事と理との別あること「御義口伝」勧持品十三箇の大事の第二に示されてあり(6)。

　ここで示されているように、この語の出典は『法華経』であり、智学はこれを「法華経の行者の眼目也」と提示する。賢治がこれを読み、教えのために命を落とす主人公の物語を着想したとしても、不思議はない。工藤が指摘するように、『グスコンブドリの伝記』は、智学の「不惜身命」をあらわし、称揚する性格を持っていると言える。では、主人公による「不惜身命」という主題はそのままに、改稿が行われた理由は何か。その検証のため、以下に智学が「身軽法重」という語について述べているものを引用する。

斯くの如く常によく吾身を軽しとし、大法を重しとして、吾が身の慾を破し執を離れて居て万一の時は何時でも身を捨てゝ法を護るの覚悟が立ツて居るときは、この身は常に常に法に一如して居るのである、すでにこれ先天的煩悩の身ではなく、後天的に法の身である、我身即ち法の活現、法即ち我身の魂魄となるのである、是においてか此の我身なるものが、また無上の価値を出して来て、我が身でない、法の身であるから、疎末にすることは出来ない、自己の執着や慾想の為に、聊かでも吾が身を損ずれば、法の為の身を損じて、法を弘め得ぬことになるから、その罪や重大である、所謂元政が『無上道を惜しむが故に此の身を惜む』といツたのは乃点だ、法は重く身は軽しだから、法の為なら早く捨てよとあツても捨つるべきではない時に捨て、はならない、『捨つべき場合に捨て、捨つべからざる場合に捨てず』一ら祖教によりて進退を処す、これを身軽法重といふ。

されば涅槃経にも『仮使へバ王使ノ善ク談論シ、命ヲ他ノ国ニ奉ズルニ、寧ロ身命ヲ失ウトモ、王ノ所説ノ言教ヲ匿サザルガ如シ』の釈を、章安が『身ハ軽ク法ハ重シ、身を死ロシテ法ヲ弘メヨ』といはれたので、大聖人は諸種の例を引かれた中に、『身の肉をほしがらざる時に肉を与ふべきや、紙ある世に身の皮を剝ぐべしや』と仰せられた、たゞ身は軽しだからとて、無暗に身を死したがる事は要らない、むしろ謗法である、常に法の為には身を捨つるの覚悟を以て、法の為めに自らの身を疎末にせず、常に常に法に尽すのを身軽法重といふのである。(7)

不惜身命の語は法のため、つまり『法華経』の受持のための自己犠牲を奨励するものである。しかし、「大法を重しと」する「身軽法重」の語において、無暗に命を捨ててはならないことが示されている。

これらを踏まえた上で、『グスコンブドリの伝記』(以下『グスコンブドリ』と略記)と『グスコーブドリの伝記』(以下『グスコーブドリ』と略記)の相違点(8)を検証する。

両作品の最も大きな違いは、主人公の言動にある。『グスコンブドリ』では、「とにかくほんたうに役に立つ仕事なら命も何もいりませんから働きたいんです」「ほんたうになければならない仕事なら命を投げ出してもやりたいと云ったのです」など、命を捨てることをも厭わない旨を積極的に何度も口に出す。対して『グスコーブドリ』では、『グスコンブドリ』が上記の台詞を述べる箇所に対応する箇所において、「仕事をみつけに来たんです」と述べるのみである。

また、ブドリが火山の爆発のために命を落としたあとの描写も大きく異なっている。以下は、『グスコンブドリ』の描写である。

ブドリはみんなを船で返してしまってじぶんが一人島に残りました。
それから三日の后イーハトーブの人たちはそらがへんに濁って青ぞらは緑いろになり月も日も

血のいろになったのを見ました。
みんなはブドリのために喪章をつけた旗を軒ごとに立てました。そしてそれから三四日の後だんだん暖くなってきてたうたう普通の作柄のトシになりました。ちゃうどこのお話のはじまりのやうになる筈のたくさんのブドリのお父さんやお母さんたちはたくさんのブドリやネリといっしょにその冬を明るい薪と暖い食物で暮すことができたのでした。

これに対し、『グスコーブドリ』における相当の箇所は、以下のように改められている。

すつかり仕度が出来ると、ブドリはみんなを船で帰してしまつて、じぶんは一人島に残りました。
そしてその次の日、イーハトーブの人たちは、青ぞらが緑いろに濁り、日や月が銅《あかがね》いろになつたのを見ました。けれどもそれから三四日たちますと、気候はぐんぐん暖くなつてきて、その秋はほぼ普通の作柄になりました。そしてちやうど、このお話のはじまりのやうになる筈の、たくさんのブドリのお父さんやお母さんは、たくさんのブドリやネリといつしょに、その冬を暖いたべものと、明るい薪で楽しく暮すことができたのでした。

このように、結末の描写が書き換えられていることがわかる。『グスコンブドリ』では、主人公ブドリが積極的に命を捨てたことに焦点を合わせている。一方、『グスコーブドリ』ではブドリが命を捨てたことをもはや明示せず、その結果として皆がどうなったかのみを描写するものへと改められている。『グスコンブドリ』では、その自己犠牲により英雄視され、皆にその死を悼まれるが、『グスコーブドリ』にはそのような展開は用意されていない。この改稿からは、皆のための自己犠牲、すなわちある種の不惜身命の称揚が行われなくなったことが読み取れる。

『グスコンブドリ』は、やや熱狂的に自己犠牲願望を前面に押し出している。これは、「みんなのほんたうのさいはい」を求めると決意した『銀河鉄道の夜』の主人公ジョバンニの性格を継承するものであるように見受けられる。しかし、智学を通じた『法華経』理解をより正確に表現できているのは、改稿後の『グスコーブドリ』であるように見受けられる。なぜならば、無暗に命を捨てることは、智学自身によって戒められているからである。『グスコンブドリ』に比べて控えめで冷静な態度を取る『グスコーブドリ』は、作中の発言においても、命を投げ出すことを前面に押し出さない。作中を通して重視されるのは、ブドリが皆にどう受け入れられたかではなく、ブドリのやり遂げた仕事が皆に何をもたらしたかなのである。『グスコンブドリ』から『グスコーブドリ』への改稿は、物語の主題をファナティックな不惜身命志向から、より現実の問題に即した仕事の遂行と、それによる皆の幸福の実現へと変化させていると言える。

賢治は不惜身命に対する理解を、身軽法重の語を重ねることによって更新し、それゆえに、教えをより正確に反映する意図のもと、改稿を行ったのではないか。不惜身命をまずは自己犠牲を称揚するものとして捉え、また作品にもあらわしたが、無暗に命を棄てることを良しとしない智学の言説に触れ、それを改めようとしたと解釈できるのである。

『グスコーブドリ』はまた、皆の多様な在りようを捉えようと試みながら、「みんなのほんたうのさいはい」を求めようとする『銀河鉄道の夜』に萌芽した理想を引き継ぐものであるようにも見受けられる。この作品にはブドリの家を無断で工場にしてしまったり、ブドリを誤解して一方的に暴行を加えるような、折り合うことの非常に困難な他者が幾人も登場する。しかしブドリは、それらの人々を含む作品の舞台であるイーハトーブ（岩手をエスペラント語で音写したもの）の人々すべてを守るために命を落とすのである。

以上から、賢治のこれまでの創作に収めきることができなかった「みんなのほんたうのさいはい」を、『法華経』理解を更新し、教えを正しく実行することによって達成しようとしたものが『グスコーブドリ』であったと考えられる。『銀河鉄道の夜』において二つの理想に引き裂かれた賢治が、それらを同時に実現するものとして、『グスコーブドリ』を生み出したのであろう。賢治はこの作品にこそ自身の境地をあらわすことができたと認めたのではないか。それゆえ、『グスコーブドリ』は数少ない生前発表作品となったと考えられるのである。

賢治の生涯がその最晩年まで法華信仰に彩られていたことは、彼が最晩年に使用していた通称『雨ニモマケズ手帳』［一三校異篇・一二五〜一五九］にも明らかである。そのほとんどのページは経文からの抜き書きで埋め尽くされている。賢治の遺言も、一〇〇〇部の『法華経』を知己に配ってほしいというものであった。

賢治が創作において志向し、提示しようとした理想は、ある時期までは、信仰に基づいた規範の追求であり、提示である。

しかし、賢治が実生活において両親を改宗させることが叶わず、また親友であった保阪嘉内も国柱会を選ばなかったことなどから、賢治は皆に自分と同じ信仰を望むことの困難を痛感したはずである。賢治は妹・トシの死を契機に、「すべてのいきもののほんたうの幸福」「みんなのほんたうのさいはい」を主題とし、創作を続けていった。「みんな」を祈る困難さは、自己犠牲をきっかけに、主人公が「みんなのほんたうのさいはい」を希求する『銀河鉄道の夜』の執筆へと発展していった。そうして、「みんなのほんたうのさいはい」を実現しようと、冷害を克服し、皆が飢えず、暖かく冬を越すことができる物語として、『グスコーブドリ』が生まれたと考えられるのである。

賢治はおそらく、祈りまた願い希求して已まない「みんなのほんたうのさいはい」が、皆がそのまま ともに抱けるもの、ともに在れる場所を措定することであると、『銀河鉄道の夜』の執筆により気づきかけたのであろう。しかし、賢治の強いこだわりと法華信仰は、『銀河鉄道の夜』を未完・未発表のままにさせ、さらに『グスコンブドリ』と『グスコーブドリ』という、性格の異なる二人の主人公の物語を生み出したのである。

結

賢治はこの『グスコーブドリ』において、はじめて人の望みや人の幸せを、具体的で日常的な次元に実らせる物語を描こうとしている。父・政次郎と対立し、僧形の狸を描いていた賢治が、妹・トシの死後、妹を転生させてカエルにして打ち殺していた賢治が、ようやく人々の実際の幸せというものを創作上であらわそうとしたのが、この最晩年の作品なのである。

賢治のかつての創作は、自身の抱く信仰と、そこから導出される規範に、人々を回収していこうとするものであった。その際、賢治の視点は、常にすかさず他界へと飛んでしまっていた。対照的に、『グスコーブドリ』は、他界でも来生でもなく、いまここを祈る物語である。

『グスコーブドリ』において、ブドリの死後は描かれない。代わりに、イーハトーブで生きている人々の様子が描かれる。それは、以下のようなものである。

たくさんのブドリのお父さんやお母さんは、たくさんのブドリやネリといつしよに、その冬を暖いたべものと、明るい薪で楽しく暮すことができたのでした。

ブドリは冷害によって家族を失っている。父と母は飢饉に追い詰められて失踪し、そのまま命を落としている。妹・ネリは人攫いに連れ去られる。そのブドリが、「たくさんのブドリのお父さんやお母さん」「たくさんのブドリやネリ」が、凍えず、飢えない未来に向けて、尽力したのである。賢治は最晩年になって、ようやく視点を他界へと飛ばさず、現世に引き据えた創作を行っている。

ブドリが求めたものは、たくさんの家族が、ともに暖かく過ごせる未来であった。

ブドリは、皆とともに飢え、凍えようと決意しない。「死ぬことの向こう側」までついていくことを望まない。ブドリは勉学に励み、火山局に勤め、イーハトーブの気候を改善するための計算を行い、火山を爆発させる工作を行う。実際に火山の爆発によって冷害を回避できるのかという科学的な問題はあるが、ブドリは、他界や来生で初めて実る営みではなく、いまここに生きている人々のために尽力する人物なのである。

そうしてそれは、「たくさんのブドリ」が、家族とともにある未来を祈ることでもあった。仏教の信仰を枠に、家族と向き合おうとするところから賢治の創作は始まった。そうして、この『グスコーブドリ』において、賢治ははじめて、家族がともにある未来を祈る創作を行った。そしてそれも、おそらくは命を軽んぜず、法を重んじるという仕方に更新された、賢治の法華信仰に基づくものなのである。

たとえその未来が、火山とともに爆発してしまうブドリ自身を含まなかったとしても。ブドリ自身を含まないという仕方で、依然として困難な現実を反映し続けるとしても。

註

（1）賢治が同時代の気象学とどのように接点を持ち、理解したかは、大沢正善「研究余滴（一）「グスコーブドリの伝記」の気象学（一）」（『賢治研究』第一三五号、二〇一八年）、三二一〜三五頁、同「研究余滴（二）「グスコーブドリの伝記」の気象学（二）」（『賢治研究』第一三六号、二〇一八年）、二五〜二八頁に詳しい。

（2）田口昭典『賢治童話の生と死』（洋々社、一九八七年）、見田宗介『宮沢賢治――存在の祭りの中へ』（岩波現代文庫、二〇〇一年）など。

（3）なお、『ペンネンネンネンネン・ネネムの伝記』は、成立が一九二二年と賢治の創作の初期にあたること、また「ばけもの世界」という架空の世界を舞台としたユーモラスな筋書きは、飢饉による冷害に立ち向かい命を落とす主人公を描いた『グスコンブドリの伝記』や『グスコーブドリの伝記』とは大きく性格を異にするため、ここでは考察の対象としない。

（4）工藤哲夫『賢治論考』（和泉書院、一九九五年）、四一～五八頁。
（5）工藤哲夫『賢治考証』（和泉書院、二〇一〇年）、一七四～一七八頁。
（6）田中智学監修『普及版本化聖典大辞林』下（国書刊行会、一九二一年）、二七六一頁。
（7）田中智学講述『日蓮主義教学大観』（真世界社、一九九三年）、三二二〇頁。『日蓮主義教学大観』は、一九〇三年から一〇年にかけて成立した『妙宗式目講義録』が、一九一七年に『本化妙宗式目講義録』に改題され、さらに一九二五年に『日蓮主義教学大観』に改題されたものである。
（8）大島丈志は『グスコンブドリの伝記』と『グスコーブドリの伝記』の主人公像の違いについて、賢治の農業実践の経緯に注目し、「この主人公像の変遷には、農村実践活動において断絶を経験し、農民にとって自らは他者であることを認識した上で、彼らに共感していこうとする賢治の自己認識の変遷が反映されている」とする（大島丈志『宮沢賢治の農業と文学――苛酷な大地イーハトーブの中で』〈蒼丘書林、二〇一三年〉、二三三頁参照）。

補章

恋する賢治

——受容史の中の宮沢賢治——

青い抱擁衝動や
明るい雨の中のみたされない唇が
きれいにそらに溶けてゆく

——［第四梯形］［二・二〇五］

序

本書では、自らの信ずる仏教と家族との間でさまざまに悩む賢治を扱ってきた。賢治は他者と向き合うとき、常に葛藤している。ただし、その姿は受容史の年代によっていくらか異なる描写がなされているようである。そしてそれは、性愛の文脈において最も顕著となる。本章では〈恋する賢治〉とでも呼べそうなその姿を追っていく。

宮沢賢治は、没後一二五年を過ぎた現在でも愛され続けている。賢治そのものが、求められている。そう表現するしかないほど、その生涯は繰り返し物語化され、語られ続けてきた。たとえば一九九六年には賢治生誕一〇〇年を記念して、NHKドラマ、東映、松竹での映画化[1]などが行われた。描き出される賢治の姿には共通項がある。裕福な家庭の長子として生まれつつ、青年期に宗教的な使命感に目覚め、貧しい農民たちのために尽力しようとする賢治。挫折と失敗に満ちた賢治の生涯は、病ゆえに若くして閉じられる。しかし遺された賢治のテキストは、今でも我々の胸を打つ――。賢治が抱いた理想、賢治の自己犠牲的な精神を物語として受容していく過程は、ほとんど神話化と呼べるほどのものである。

近年、特に二〇一〇年代以降、このような賢治の受容の状況に変化が起きている。賢治の生涯を描く際、依然として賢治の生涯から自己犠牲と献身が削り取られることはない。しかし賢治の理想と密接であった宗教的な使命感は、削ぎ落とされることがある。詳しくはのちに述べるが、賢治の生涯における宗教的要素が注意深く排除されていく事例が見受けられるのである。[2] そしてもう一つ、大きな特徴がある。それは〈恋する賢治〉とでも呼べそうな姿が注目され、主題化される傾向である。

本章の冒頭に引いたのは、『春と修羅 第一集』に収録されている「第四梯形」の一部である。ここで賢治は具体的な身体性を伴うような仕方で、おそらくは強く恋い慕う相手との触れ合いを望み、かつそのような触れ合いの欲求が「みたされない」ことを受け入れていく心の動きを「そらに溶けてゆく」と表現している。生涯独身を貫き、他者に献身的であった賢治像、聖化された賢治像からは連想しにくいが、身体的に他者と触れ合いたいという欲求を持つ〈恋する賢治〉もまた、賢治の多面性の一側面である。

本章では〈恋する賢治〉の表象を、いくつかの映像作品や楽曲に注目して取り上げ、〈恋する賢治〉がいかに描き出されてきたかを確認する。その際、受容史と研究史との関係も取り上げ、そこにある読み手の欲望を考察していく。

第一節　幻の恋人探し

〈恋する賢治〉はいったい、誰に恋をしていたのか。賢治が結婚を思い詰めるほどの初恋の相手は、いったい誰だったのか。「第四梯形」で賢治が抱擁を願った相手は、いったい誰だったのか。賢治研究には〈幻の恋人探し〉と呼べそうな一ジャンルが存在する。〈幻の恋人探し〉は、〈恋する賢治〉の足跡を辿り、その恋の相手を知ろうとするものである。

賢治の初恋の相手の特定は、〈幻の恋人探し〉の中でも一定の成果を上げたジャンルである。これは賢治が一九一四年四月、肥厚性鼻炎の治療のために入院した際、看護婦に片想いし、結婚しようと思い詰めた、その相手の特定を目指すものである。(3)このとき賢治は、以下のような短歌を詠んでいる。

十秒の碧きひかりは
過ぎたれば
かなしくわれは
又窓に向く

〔一・一九〕

これは、賢治が検温時の僅かな間のみ想い人と接点を持てる切なさを綴ったものである。ちなみにこのとき賢治は思い詰めて父・政次郎に結婚の意思を伝えるも、まだ若すぎることを理由に反対され、断念している。この相手が誰であったかについては、すでに定説がある。(4)

初恋以外にも、賢治が誰か特定の相手を想っていたことが推測できる時期は、その生涯に何度か存在する。(5)その中でも最も多く論じられ、かつ先行研究によって立場が分かれるのが、『春と修羅　第一集』に綴られた時期――すなわち賢治が農学校教師としての充実した日々を送りつつ、死にゆく妹トシを見つめ、またその死を乗り越えようとしていく時期――の相手である。

冒頭で紹介した「第四梯形」以外にも、『春と修羅　第一集』中には賢治が恋愛感情について記した作品が複数収録されている。たとえば「恋と病熱」では、

けふはぼくのたましひは疾み
烏さへ正視ができない
　あいつはちやうどいまごろから
　つめたい青銅《ブロンヅ》の病室で
　透明薔薇の火に燃される
ほんたうに、けれども妹よ
けふはぼくもあんまりひどいから
やなぎの花もとらない

［二・二二］

と綴っており、自身の魂が恋によって「疾み」つつあることを自覚すると同時に、病熱に苦しむトシの姿を思い浮かべている。また同じく「松の針」においては、

おまへがあんなにねつに燃され
あせやいたみでもだえてゐるとき
わたくしは日のてるとこでたのしくはたらいたり
ほかのひとのことをかんがへながら森をあるいてゐた

［二・一四二］

と綴っており、やはりトシの容態が悪化し、いよいよ看取らねばならぬ瞬間が迫る日付であってさえ

（「松の針」にはトシ臨終の日付が付されている）、賢治が「ほかのひと」を想っていたことを記録している。

では、その「ほかのひと」とはいったい誰なのだろうか。本節では澤口たまみ『新版　宮澤賢治愛のうた』（夕書房、二〇一八年）、菅原千恵子『宮沢賢治の青春――〝ただ一人の友〟保阪嘉内をめぐって』（JICC出版局、一九九四年）の二つの先行研究に注目し、賢治の相手と目された人々の姿を追っていく。

大畠ヤス

「ほかのひと」とは誰か。近年受容史の中心に位置するのは、澤口たまみが提唱する大畠ヤス（一九〇〇〜二七）という女性が賢治の秘めた恋の相手であったとするものである。(6)

花巻小学校の教師だったヤスは、賢治が企画・主催したレコード鑑賞会に参加するうちに、賢治と惹かれ合うようになる。婚前の若い男女、まして教師同士の逢瀬など到底許されない時代に、密かに愛を育んだ二人。その関係は賢治の父・政次郎の知るところとなり、宮沢家は大畠家に結婚を申し込む。しかし大畠家は縁談を断る。トシを亡くしたばかりの宮沢家に結核を発症した自分が嫁ぐわけにはいかないと、ヤスは苦悩していた。また他に縁談のあった医師に嫁いだ方がヤスの命を守ることになると、大畠家は判断したのである。

その後失意のまま年齢の離れた医師と結婚しアメリカに渡ったヤスは、渡米からわずか三年後に命を落とす。ヤスが渡米した翌年、『春と修羅　第一集』が出版された。けっしてその名を明かすことのできない恋人が、かつて確かに存在したしるしとして。ヤスが賢治の相手だったとする場合、描き出されるストーリーはこのようなものである。

ヤスをめぐる物語は非常にロマンチックであるが、信憑性には問題がある。[7] たとえばヤスの結婚相手として名が挙げられている「医師・及川修一」は、実在しない。修一はヤスがアメリカで生んだ息子の名であり、この「及川修一」はわずか二歳で病没している。ヤスの結婚相手であり、ともにアメリカに渡った及川末太郎（一八八一〜？）は、アメリカで宿泊業を営んでいたことがわかっている。アメリカで及川家のホームドクターであった医師の名は「Yutaka Oyama」と記録されており、ヤスの夫ではない。また、ヤスの実際の死因も結核ではなく心筋梗塞である。それでも、ヤスをめぐる物語は近年の受容史の中心にある。賢治とヤスとの悲恋は漫画化され、さらにはドラマ化され、近年ほとんど定説とみなされているため、のちの節でもう一度扱う。

保阪嘉内

「ほかのひと」については別の説もある。それは、賢治の想い人は保阪嘉内であったとする菅原千恵子の説である。[8] 保阪は盛岡高等農林学校時代の学友であり、賢治とは同じ寮の同室であった。ともに農村改革の理想を語り、ともに岩手山に登り、ともに同人誌『アザリア』を立ち上げた相手が、保阪である。保阪と賢治は誌面上で岩手山登山を詠んだ短歌を交わす。保阪も賢治に対し、「友よ、まことの恋人よ」と呼びかけるような短文を同誌に発表している。保阪は、ある詩を発表したことにより危険思想の持ち主とみなされ、退学処分を受けてしまう。賢治は処分撤回のために奔走する。処分が覆らなかったのちも、賢治は保阪に書簡を送り続ける。その後も賢治は、保阪を激励する。「しっかりやりませう」[二五・一八七]と二〇回繰り返し書きつけ、保阪へと投函する賢治。「私が友保阪嘉内、私が友保阪嘉内、我を棄てるな」[二五・一九七]と懇願する賢治。しかし、賢治の願いは実らなかった。保阪の国柱会入会は叶わなかった。賢治と保阪は一度だけ東京で再会することができたが、その後賢治が保阪に書簡を送る頻度は激減した。それでも、賢治が保阪に宛てた七三通の書簡は保阪によって終生保管され、のちに出版されることとなる。ちなみにこの七三という数は、賢治が生涯に綴った書簡のうち、父親宛、東北砕石工場技師時代の仕事関連の事務連絡に次ぎ、三番目に多いものとなる。

賢治が保阪に対して抱いていた感情の種類の特定には一定の困難があるが[9]、少なくとも保阪が賢治にとって激しい思い入れの対象であったことは疑いえない。本章は賢治のセクシャリティの特定を目的としないが、特定のセクシャリティであった可能性を排除することも志向しない。

これら以外にも、『春と修羅　第一集』における賢治の想い人を探ろうとする研究は存在する[10]。しかし、本章では近年映像化されたこの二説の紹介に止めたい。大畠ヤス説、保阪嘉内説、この二説はともに映像化されているのである。次節ではそれを扱う。

第二節　映像の中の賢治――ヤス、または嘉内

言うまでもないことだが、宮沢賢治本人は一九三三年にすでに亡くなっている。では、現代に生き

る我々はどのようにして賢治に出会うことが可能だろうか。賢治の熱心なファン以外はさほど気にも止めていないだろうが、実はありとあらゆるメディアに賢治は存在している。たとえば国語の教科書には賢治の作品が、倫理の教科書には賢治の人物像が掲載されている。教育の場以外にも、舞台、映画、ドラマ、アニメ、ゲーム、漫画、小説、ライトノベル、J-POPなどの楽曲、なんらかのコンセプトを持つアートなど、賢治にインスパイアされた創作物は多岐にわたるジャンルに溢れかえっている。たまたまテレビを点けたら、宮沢賢治を特集する番組が放映されていた。そのような出会いもあるだろう。そしてその出会い方によって、賢治のイメージはさまざまに揺れ動くだろう。この節では、賢治の想い人がヤスであったとする説、保阪であったとする説、それぞれに準拠する近年の二つの映像作品を紹介する。

『宮沢賢治の食卓』

魚乃目三太『宮沢賢治の食卓』（少年画報社、二〇一七年。以下『食卓』と表記）は、花巻農学校教師時代の賢治を描いた漫画作品である。この作品は澤口説を踏襲しており、ヤスと賢治の束の間の秘められた愛とその悲劇的な結末が、ごく切ない小編として挿入されている。これをもとに映像化されたWOWOWドラマ版『食卓』（二〇一七年）は、さらに大胆な脚色を行っている。賢治とヤスの逢瀬の場面は漫画版『食卓』に準拠しており、賢治は束の間の燃え上がる恋に身を委ねているように見受けられる。問題はその後の展開の、死にゆくトシを不憫に思うあまり、賢治がヤスとの別れを一方的に決意するというものである。ドラマ版の賢治は自筆原稿を焼き捨てようとしてトシに怒鳴りつけられるなど、史実にも漫画版『食卓』にもない極端な行動をたびたび取っているが、恋愛をめぐる行動においても、思い詰めやすく極端な選択に走りがちな性格の持ち主として描写されていると言える。

もう少し詳しくみていこう。漫画版『食卓』からは、賢治をめぐる宗教的要素が注意深く排除されている。漫画版『食卓』は、そのタイトルの通り賢治をめぐる食にまつわるエピソードを扱う。それはたとえば、貧しさゆえに農学校を退学して働きに出る教え子にかしわ南蛮そばをご馳走したことや、トシが末期に雪を食べたがったこと、教え子が細かく刻んだ大根を混ぜてかさ増しした大根めしを嘔吐してしまうのを見て、貧しい農家の厳しい状況に気づくエピソードなど、実際の出来事として確認されているエピソードがもととなっている。扱われるエピソードについては、ある程度丁寧な考証が行われている。

ただし、この作品は賢治の菜食を扱わない。食をテーマとしつつ、賢治が仏教の信仰を理由に菜食を行っていた時期は、そもそも作品で扱っていない。この作品が扱うのは農学校教師時代のみであるため、賢治がそれ以前の東京時代やそれ以降の農学校教師を辞してのちの独居自炊時代に菜食を行ったことに言及しなくとも確かに問題はないのだが、食以外にも気になる点はある。たとえばトシの死をめぐる賢治の葛藤に、仏教的な要素は見当たらない。臨終のトシの枕元で賢治が題目を叫んだことや、トシを荼毘に付す際に賢治がひとり唱題を行ったこと、その後のトシの転生先を追い求める創作において仏教用語を鏤《ちりば》めたことは、漫画版『食卓』においては紹介されない。

漫画版『食卓』が賢治の帰郷から始まるのに対し、ドラマ版『食卓』は賢治の東京時代から始まる。史実を確認しておこう。そもそも賢治が家出して東京に向かったのは鶯谷の国柱会館を目指し、そこで住み込みで働こうとしたためである。つまり、宗教的動機なしには賢治の東京行きは起こりえない。住み込みを断られてからも、東京での賢治は国柱会のビラ配りなど積極的に布教活動に従事している。そしてこのドラマにおいて、そのような描写は一切ない。

ドラマ版『食卓』ではその後、花巻に帰郷した賢治が近隣の貧しい農民の姿に心を痛め、利益を度外視した質屋の営業を行おうとしたりする。しかしそれは、賢治が世間知らずで損得勘定ができないことに加え、底抜けに優しい心を持っているためである。東京へ行った動機からも、農民のために尽くそうとする動機からも、宗教的な要素は取り除かれている。当然、恋愛をめぐる葛藤からも、宗教的な要素は排除されている。そして、ただトシの病のみがクローズアップされるのである。

『慟哭の愛と祈り』

『食卓』と対照的なのは、NHK教育テレビジョンにて放映された『ETV特集「宮沢賢治　銀河への旅――慟哭の愛と祈り」』（二〇一九年二月九日。以下『慟哭』と表記）である。これは賢治が盛岡高等農林学校時代の友人である保阪嘉内を愛し、それゆえに苦悩していたという前提で構成されたドキュメンタリードラマ番組である。この番組はおそらくは前節で挙げた菅原説を根拠に構成されており、賢治の秘められた想いは保阪に向けられたものであったという解釈のもと、少年期から青年期の賢治と保阪の姿を映像化すると同時に、賢治の作品上の保阪からの影響を読み解いていく。

盛岡高等農林学校に進学した賢治が、島地大等『漢和対照妙法蓮華経』を手に取る場面から番組は始まる。その後、賢治は後輩として入学してきた保阪と出会い、意気投合する。交流を深めていく賢治と保阪。しかし保阪が退学処分を受けたことにより、二人の距離は離れてしまう。二人の人生は再び交わることはなかったが、保阪とともに語り合った夢、保阪とともに眺めた銀河は、賢治を創作に掻き立てていく。

賢治と保阪の交流について史実をなぞりながら進行していく番組のクライマックスは、賢治の保阪への思いが『銀河鉄道の夜』を生み出したと語られる場面である。保阪は郷里の山梨でハレー彗星を観察した際の一九一〇年のスケッチと、「銀漢ヲ行ク彗星ハ／夜行列車ノ様ニニテ／遥カ虚空ニ消エニケリ」というメモ書きを賢治に見せたことがある。賢治と保阪は二人きりで岩手山登山をし、天の川を眺めながら互いの夢を語り合った。その記憶が保阪と道が分かれた後の賢治に『銀河鉄道の夜』を描かせたのだと、番組では解説される。

この番組において、山梨県立文学館に保存されている保阪宛書簡の実物が映し出される場面では、はっきりと「国柱会」の文字が読み取れる箇所がクローズアップされる。賢治と保阪の交流において、賢治が自身の宗教的理想を保阪にともに抱いてほしいと懇願したことが、正面から取り扱われている。『慟哭』において、印象的なナレーションがある。「釈迦は言う。〔中略〕たとえそれが同性を恋うるようなものであってもそれは宇宙の一部であり自然の一部である。即ちすべてが私の子なのだ」。その際映し出されるのは、賢治が盛岡中学校時代に下宿していた清養院の釈迦仏である。この演出からは、この番組の制作者が、同性を愛したことに苦悩した賢治が仏教に救いを求めたと解釈していることがうかがえる。

以上見てきたように、二〇一〇年代に映像化された青年期の賢治像は、非常に対照的である。異性愛者である賢治はもはや宗教的な救いを求めず、他者とのつながりの中で葛藤し続ける。一方、同性愛者である賢治は、最も愛しい他者とのつながりを求めることに苦悩し、超越的な存在に宗教的な救いを求める。このような表象のされ方は、同じコインの両面であるということもできるだろう。

生誕一〇〇年の賢治

ここで、一九九六年の生誕一〇〇年記念実写作品群がどのように賢治を扱っていたかも確認しておきたい。まずこれらの作品群は、賢治の仏教信仰に必ず言及している。東映制作の『わが心の銀河鉄道　宮沢賢治物語』（以下『わが心』と表記）、松竹制作の『宮澤賢治　その愛』（以下『その愛』と表記）、NHK制作の『宮沢賢治　銀河の旅びと』（以下『旅びと』と表記）、そのすべてが法華信仰に目覚めた賢治が花巻の街をひとり団扇太鼓を叩きつつ唱題し練り歩く姿、家出して東京で国柱会館を訪ねる姿を映像化している。仏教の信仰は、賢治の純粋さやひたむきさ、ある種の狂気、行動原理を説明するために、必ず取り上げられているのである。

本章としては、生誕一〇〇年の賢治が〈恋する賢治〉であったかも確認しておきたい。結論から言えば、賢治はむしろ性愛を拒もうとした人物として描写されている。そもそも生誕一〇〇年時の作品群は『春と修羅　第一集』の時期の賢治の隠された恋を描こうとはしない。『旅びと』の賢治は一切恋心が描写されない（なお保阪との交流と決別にはいくらか描写が割かれている）。『その愛』の賢治は、「看護婦」への初恋と、農学校教師を辞してのちに知人の妹と見合いの意図で顔合わせをしていたことが描写されるが、どちらもごく淡い一瞬の邂逅である。

『わが心』と『その愛』の両作品に共通するのは、農学校教師を辞した賢治が自身の私塾である羅須地人協会としての活動を行っていた頃、ある女性に激しく求愛され、また激しく拒絶したエピソードである。この女性のモデルとなった人物は実在している。羅須地人協会を訪ねてきた、賢治のことを非常に強く尊敬していたとされる人物である。(11) この女性に対する賢治の態度は、居留守を使う、顔を合わせる際に自身の顔に文字通り泥を塗りたくる、自身が「レプラ」、つまりらい病であると嘘をつくなどであったとされる。つまり、ある女性を賢治が拒んだというエピソードは、ある程度は伝記的事実に即した描写である。

生誕一〇〇年の賢治像は、〈恋する賢治〉ではなくむしろ、〈恋を拒む賢治〉である。そしてそれは宗教者である賢治像と同時に提示される。宗教的な理想を抱いており、病身をおして理想に向かおうとする、それゆえに恋を拒む姿が、そこにはある。

この節ではいくつかの賢治の生涯にまつわる映像作品を確認してきた。その生涯が幾度も映像化される中で、不器用に激しく恋する賢治も、不器用に激しく恋を拒もうとする賢治も、宗教の要素を感じさせない賢治も、宗教的理想を抱く賢治も、宗教に個人的な救いを求める賢治も、提示されてきたことがわかる。

見過ごすことができないのは、広く人口に膾炙する作家の人物像は、すでに実在の作家から何段階もの受け手を経て変容し続けてきたものであるという点である。生誕一〇〇年時の東映や松竹の映画を見た人々にとって、賢治は不器用な理想に燃える青年であり、個人的な恋愛よりも農村改革に向けて尽力することを優先した人物である。自己犠牲的で献身的な賢治像は、このような作品を通じて形成されてきたと言える。

時を経て、〈恋を拒む賢治〉のカウンターのように〈恋する賢治〉が描かれた『食卓』が登場した。宗教的要素がすべて排された点も、生誕一〇〇年の賢治とは対照的である。〈恋を拒む賢治〉の姿は、もはや宗教的葛藤を抱かない『食卓』の賢治には継承されていない。また叶うことのない想いに苦しむ『慟哭』の賢治とも、宗教と恋愛を引き合わせて悩む点が部分的に似通うようでいて、かなり異なるものである。

『慟哭』が放映された後、賢治が同性愛者であったことに衝撃を受けたり、納得したと綴るSNS上の書き込みが複数観測されるようになった。『慟哭』を視聴し納得した人々にとって、賢治は同性の学友を愛して苦悩し、宗教的な救済を求め、そして報われぬ想いを創作に昇華していった人物なのである。ただし同時に『慟哭』のストーリーに激しく反発し、賢治を同性愛者ではないと断じる、おそらくは賢治の熱烈なファンによる書き込みも観測される。

かつて『春と修羅　第一集』の「序」において「わたくしといふ現象」と綴った賢治も、まさか自身がその生涯ごと「現象」としか呼びえないような仕方で多種多様に受容され続けるとは夢にも思わなかっただろう。本章で扱ってきた〈恋する賢治〉は、J-POPにも現れる。次節では、二〇一〇年代のJ-POPにおける賢治の表象を確認したい。

第三節　「恋と病熱」——米津玄師における宮沢賢治

受容史の中の賢治は、あるときは〈恋する賢治〉であり、あるときは〈恋を拒む賢治〉である。そのどちらも、先の節でいくらか言及したように、賢治自身のテキストから、また調べ尽くされた賢治の生涯の伝記的事実から導き出すことができる。

この節では音楽の中の〈恋する賢治〉を扱うことで、受容史を担う人々が賢治に向ける欲望を探る。具体的には若者を中心に絶大な人気を誇るシンガーソングライター米津玄師が二〇一四年に発表した「恋と病熱」に注目する。

「恋と病熱」の歌詞は、歌う主体が一人で過去の愛を反芻しているものである。また、「似ている二人をあなたはどうする?」「赦しを乞う」「愛していたいこと／愛されたいこと／望んでいきることを／許してほしい」などの歌詞からは、「二人」が問題となること、歌う主体には罪の意識があり、赦し／許しを乞うていることがわかる。これは賢治の「恋と病熱」の構造、病に苦しむトシと「ほかのひと」の二者を賢治がひとり思い浮かべていたことをある程度受け継いだものであるように見受けられる。

米津は @hachi_08という Twitter アカウントを運用しているが、Twitter 上であるファンから、「米津さんは宮沢賢治が好きだと聞きました。恋と病熱のタイトルは宮沢賢治の春と修羅の中に収録されている恋と病熱が関係してたりしますか?」と質問された際に、以下のように答えている。

引用することで本家を汚してしまうことに罪悪感がありましたが、どうしても使いたかったので頂きました。

——二〇一四年三月一日、@hachi_08

自身が表現したいと思うものをあらわすには、どうしても賢治の作品からタイトルを採りたかったのだと米津は言う。その際米津が、「本家を汚してしまうことに罪悪感がありましたが」とはっきりと述べていることは非常に示唆的である。米津が実際に「本家を汚して」いるのかについては受け手によって評価が分かれるであろうが、重要なのは、米津が、賢治に自身の欲望を読み込んでいることを自覚しているという点である。

先の節でも扱ったように、〈恋する賢治〉に限定して受容史の一部を追いかけようとしても、そこにはさまざまな解釈がみられる。たとえば賢治の恋の相手が大畠ヤスであったという説は漫画化、ドラマ化され、二〇一〇年代の賢治受容の主流に位置する。ここで大畠ヤス説を提唱する澤口たまみが、保阪説を唱える先行研究に言及し、「「タブー」だからという理由で、むやみに否定するつもりはありません。けれどもやはり、不自然なのです」と綴り、また「私たちは今こそ、〔中略〕女性を愛した賢治のほんとうの姿を、静かに受け止めるべきでしょう」と述べていることを確認したい。これは端的にホモフォビックでヘテロノーマティブな欲望を示すものだろう。この澤口説に準拠して構成される『食卓』における賢治像は、宗教的な葛藤を抱かない、異性との恋に悩む等身大の青年である。マジョリティが共感しやすい姿を取っている賢治こそが読み手に寄り添いうるという欲望が、そこにはある。

逆に賢治が何らかのマイノリティとして苦悩する姿こそが人々に寄り添いうるもの、人々の欲望に応えうるものであるという立場も存在している。賢治が保阪に対しあまりにも強い思い入れを持っていたことは疑いえず、賢治が保阪を想っていたという物語に胸を打たれる人々も多い。

そしてこの節で扱った「恋と病熱」を発表した米津にとって、賢治は孤独に他者を想いながら赦しを乞うときの象徴である。米津は二〇二〇年八月に「カムパネルラ」という楽曲も発表しているが、これは『銀河鉄道の夜』においてカムパネルラを死なせてしまったザネリの視点から歌ったものであり、米津の「自分の性質としての自罰的な部分とリンクした」ものであるという[12]。米津にとっての賢治は愛と赦しを乞う象徴である。米津が賢治作品から継承するのは、罪悪感を抱きながらも呼びかけずにいられない他者を持つという視点であり、それは「幻の恋人探し」の研究史とは問題意識を異にする立場でもある。つまりその相手が誰であったかは、最早問題とならないのである。

表象される賢治像には受容史を担う人々の欲望が常に反映される。賢治の研究史は、そのとき賢治像を表象しようとする受容史の担い手の欲望によって取捨選択され、反映されていく（あるいはされない）ものだとみることができるのである。

むすびにかえて

本章では受容史の中の〈恋する賢治〉の姿を追いかけることで、賢治がその受容史を担う人々から、常に読み手に寄り添うものであってほしいという欲望を向けられ、表象されていることを確認してきた。それはある程度は研究史を反映することもあるが、どちらかと言えば受容史を担う人々の欲望を強く反映するものである。またその研究史そのものも、研究者の恣意を離れては成立しえないものでもある。

本章の最後に、賢治自身が「過去情炎」（『春と修羅　第一集』）において自身の恋心をいかに綴ったかを引き、幕としたい。

わたくしは待つてゐたこひびとにあふやうに
応揚にわらつてその木のしたへゆくのだけれども
それはひとつの情炎だ
もう水いろの過去になつてゐる

――「過去情炎」〔二・二二〕

「第四梯形」で「抱擁衝動」と「みたされない唇」を「きれいにそらに溶」かしてしまった賢治にとって、「待つてゐたこひびと」に会おうとしたことは最早「水いろの過去」である。

その過去は賢治にとって、『春と修羅　第一集』における「小岩井農場　パート九」の言葉を借りるなら、「じぶんとそれからたつたもひとつのたましひと／完全そして永久にどこまでもいつしよに／行かうとする」願いであった。そして「たつたもひとつのたましひ」ではなく「万象といつしよに／至上福祉にいたらうとする」「正しいねがひ」を追い求めるべきであるという結論を出した賢治は、その後も創作を続けていく。「たつたもひとつのたましひ」ではなく「万象」とともにゆこうとする賢治にとって、「こひびと」が誰であったのかは、最早問題ではなくなる。
ただし賢治の生涯は、その人気が続く限り、その時々の受け手の欲望を反映し、切り取られ、解釈され、なんらかのコンテンツへと昇華され続けていくであろう。その際、〈恋する賢治〉として表象されることも、〈恋を拒む賢治〉として表象されることもあるだろう。近年は賢治の表象から宗教的要素は排される傾向が強いが、近代仏教研究において宮沢賢治はその登場人物と目されている。[13] 世相次第ではまた仏教者としての賢治が注目を集めることもあるかも知れない。テキストクリティークの次元をはるかに超え、賢治は拡散され続けていくのである。

註

（1）賢治の生誕一〇〇年を記念して、『ドキュメンタリードラマ　宮沢賢治　銀河の旅びと』（NHK、一九九六年）や『わが心の銀河鉄道　宮沢賢治物語』（東映配給、一九九六年）、『宮沢賢治　その愛』（松竹配給、一九九六年）など、賢治の生涯、特に青年期を中心に扱う映像作品が制作されている。
（2）魚乃目三太『宮沢賢治の食卓』（少年画報社、二〇一七年）。
（3）『【新】校本宮澤賢治全集　一六（下）年譜篇』参照。
（4）このときの看護婦は、「高橋ミネ」という女性であったという説が定説化している。高橋ミネ説を提唱した最も古い先行研究は、川原仁左エ門『宮沢賢治とその周辺』（川原仁左エ門、一九七二年）である。その後、複数の研究者がその説を踏襲しており、たとえば、吉見正信『宮沢賢治の道程』（八重岳書房、一九八二年）は高橋ミネの遺族から聞き取り調査を行い、裏づけとしている。
（5）牧野立雄『隠された恋――若き賢治の修羅と愛』（れんが書房社、一九九〇年）。
（6）佐藤勝治『宮沢賢治、青春の秘唄〝冬のスケッチ〟研究〈増訂版〉』（十字屋書店、一九八四年）、また佐藤説を踏襲した、澤口たまみ『宮澤賢治　愛のうた』（盛岡出版コミュニティー、二〇一〇年）など。

(7) 澤口たまみ『新版　宮澤賢治　愛のうた』(夕書房、二〇一八年)は、ヤスの結婚相手を「東和町(現在の花巻市)土沢地区出身の医師・及川修一」であったとするが、本文中でも述べたように、及川修一はヤスが渡米後に産んだ息子の名である。ヤスの息子のほか、ヤスの結婚相手、ヤスを治療した医師については、布臺一郎「ある花巻出身者たちの渡米記録について」(『花巻市博物館研究紀要』第一四号、二〇一九年)、二七～三三頁を参照。

(8) 菅原千恵子『宮沢賢治の青春――〝ただ一人の友〟保阪嘉内をめぐって』(JICC出版局、一九九四年)。

(9) 賢治が保阪に対して抱いた感情の種類を検証するには、少なくとも日本の近代における恋愛概念の成立史を踏まえた上で、賢治が内面化していた価値観を探らねばならず、稿をあらためる必要がある。そのため本章では賢治の恋の相手として保阪を想定する先行研究があると紹介するに止める。なお日本の近代における恋愛概念の成立については、田中亜以子『男たち／女たちの恋愛――近代日本の「自己」とジェンダー』(勁草書房、二〇一九年)を、日本の近代における同性愛概念については、前川直哉『男の絆――明治の学生からボーイズ・ラブまで』(筑摩書房、二〇一一年)を参照した。

(10) 澤村修治『宮澤賢治と幻の恋人――澤田キヌを追って』(河出書房新社、二〇一〇年)など。また栗原敦「資料と研究・ところどころ二三　『校本　宮澤賢治全集』で発表出来なかったこと・小沢俊郎さんから伺った話」(『賢治研究』第一三一号、二〇一七年)、二九～三二頁では、宮沢家が結婚を申し込んだ家は一度研究者の聞き取り調査によって特定されていたことが明らかにされる。ただし遺族への配慮からその名は公表はされず、また相手を伏せて結婚を申し込んだ事実を全集の年譜に載せることも諸事情で見送られたという経緯が紹介されている。また特定した研究者、特定先を知らされた研究者たちは既に全員鬼籍となっており、結婚を申し込んだ相手が永久の謎として残される可能性も、あわせて指摘されている。

(11) 上田哲・鈴木守・森義真『宮沢賢治と高瀬露――露は〝聖女〟だった』(ツーワンライフ、二〇二〇年)。

(12) 音楽ナタリー「米津玄師「STRAY SHEEP」インタビュー」(https://natalie.mu/music/pp/yonezukenshi16/page/3〈二〇二一年三月一五日閲覧〉)。

(13) 大谷栄一・吉永進一・近藤俊太郎編『近代仏教スタディーズ――仏教からみたもうひとつの近代』(法藏館、二〇一六年)。

終章

本書総括

本書では、賢治が実生活で強い思い入れを持った人々と向き合おうとしてきた過程を追ってきた。その相手は、まずは父・政次郎や妹・トシという家族だった。家族と向き合おうとする際、賢治が思考の枠組みとして用いているのが、彼が自認する仏教の信仰、すなわち法華信仰である。そうして、その枠組みを用いて向き合おうとする相手は、やがて「すべてのいきもの」「みんな」へと拡張されていく。

第一章では、父・政次郎と対峙するために、賢治は自身も会員であった国柱会主宰の田中智学による真宗批判を持ち出し、それを創作に反映させるも、その試みに挫折していく過程を追った。

政次郎は真宗大谷派の門徒であり、暁烏敏《あけがらすはや》や近角常観《ちかずみじょうかん》という、当時著名だった僧侶を、岩手に招くほどであった。賢治に対しても、政次郎自身に病が感染するのも厭わず、泊りがけでつきっきりの看病を行うほどの愛を注いでいる。それゆえか、賢治が宮沢家の家業である質屋を継ぐことに反発したり、上の学校への進学を望み、親子間に対立が生じたときも、賢治は政次郎を直接批判することができない。

信仰の篤い家長に対抗するには、それに対抗しうる別の信仰を持ち出す必要がある。そうして賢治が持ち出したのが、智学の主張であった。智学の提示する枠組みを援用して真宗批判を行うという賢治の試みは、最終的にはあまり上手くいっておらず、賢治自身もそれに自覚的である。それでも、賢治は信仰という土俵で、政次郎と対峙しようとしたのである。

第二章では、妹・トシを取り上げた。トシは従来語られてきたより、はるかに意志の強い女性であった。トシは恋愛事件を起こしたことをきっかけに、東京の日本女子大学校に進学することとなる。父・政次郎からは近角の求道会館に通うよう諭され、それに従うも、トシは真宗の信仰を確信するには至らない。進学先の日本女子大学校の学長である成瀬仁蔵からは、「信仰とはなんぞや」という課題を与えられ、影響を受ける。そうしてトシは苦悩し、思索し、宮沢家の信仰を離れ、法華信仰の道を選んだ。その際、当時の真宗僧侶の言説の中では、立身出世を果たしながら宗教的に救済される女性のロールモデルが示されていなかったことが、改宗の理由であることを明らかにした。トシの改宗には、信仰と進路選択とジェンダーの問題が、密接にかかわっていたのである。

トシはその意志の強さや強烈な自我という点で、兄・賢治と似たところを持っていた。また、進路選択と信仰の点で、賢治が共感しうるような悩みを抱いてもいた。トシもまた、信仰について葛藤することで、家族と向き合おうとしていたのである。

第三章では、賢治がトシの追善をどのように行ったかを確認した。賢治は国柱会会員としての強いアイデンティティを保持しているがゆえに、やや奇矯な仕方で、トシを弔おうとする。しかしそのような追善を行っても、『日蓮聖人御遺文』を用いて思いを馳せても、賢治はトシの死後の行方を確信することができない。やがて賢治は追善としての「教書」として、通称〔手紙四〕とされる童話を近隣に配り歩いた。それは、蛙に転生した妹を兄が打ち殺すというショッキングな筋書きの物語であった。そのような賢治の行動について、トシが畜生に転生する可能性に思いを巡らせた結果、「すべての生きもののほんたうの幸」という課題を創作上で希求しようと決意したためであることを指摘した。賢治はトシとその死後の行方を、自身の法華信仰を通して、追い求めようとしている。

第四章では、賢治よりやや手前の時代から同時代にかけての菜食に関する言説を確認した。また、「雨ニモマケズ」における「玄米四合」が、賢治が森鷗外の言説に従って健康な体を望んだものであると同時に、当時の栄養学とも接点を持ちつつ、賢治の母・イチが賢治に健康であってほしいと祈った結果を反映したものでもあったことを確認した。賢治は『法華経』からの抜き書きに埋め尽くされた「雨ニモマケズ手帳」の中に、賢治に健康であってほしいという母の祈りを反映するという仕方で、母とも向き合っていたのである。

第五章では、賢治が、「すべての生きもののほんたうの幸」という課題の達成に向け、菜食主義や物質の超越という発想を抱いたことを確認した。その際、『ビヂテリアン大祭』が田中智学の「万国禁肉会」から着想を得ていること、賢治が主張する殺生の忌避が、智学の語句と類似することを確認した。また、『注文の多い料理店』の序における「すきとほつたほんたうのたべもの」が、智学の『日本国体の研究』における「物質の超越」「食の霊化」という主張を継承したものである可能性を指摘した。

賢治は（トシが人間以外の生き物に転生している可能性に苦悩しつつ）すべての生きものとも、仏教の枠を用いて向き合おうとしているのである。

第六章では、賢治が「みんなのほんたうのさいはい」を希求しようと決意した契機が、関東大震災にあったという仮説を検証した。その際、賢治が『法華経』の功徳を他者に振り向けようとした契機が、そもそも死者の追善にかかわるものであったこと、死者の追善という問題意識が、トシの死と関東大震災での大量死を経て、強い使命感へと高揚していった過程を概観した。そのような賢治の問題意識は、複数の死者が登場し、主人公が「みんなのほんたうのさいはい」を希求する『銀河鉄道の夜』に結実したと結論づけた。

賢治は仏教の信仰を通じ、震災の被災者とも、不特定多数の死者たちとも、向き合おうとしている。第七章では、『銀河鉄道の夜』の登場人物たちが、賢治が生涯をかけて向き合おうとした人々の属性を反映しつつ、「みんなのほんたうのさいはい」を祈ったものであるという見通しを検証した。その際、賢治の学友であった保阪嘉内の存在にも言及した。

現実は困難である。どんな生き物をも殺さずに生きることは不可能であり、皆が同じ信仰を抱くということも起こりえない。どこまでも一緒に行ってほしいと願ったたったひとりでさえ、姿を消してしまう。せめてその行方を確信したいと願っても、叶わない。

賢治はそれでも、自身の信仰に照らした仕方で、「みんな」を祈る。登場人物たちは、あたかも賢治がそれまでの人生で出会い、激しい思い入れを抱くも、まるで上手くいかなかった人々の似姿である。賢治は『銀河鉄道の夜』において、それまでの人生で向き合おうとしたすべての人々を、いまいちど自身の信仰に照らしつつ、祈っているのである。

第八章では、最晩年の創作である『グスコーブドリの伝記』と、その先駆形である『グスコンブドリの伝記』の比較を行った。

先駆形である『グスコンブドリの伝記』の主人公は、ややファナティックな自己犠牲願望を持ち、それをはっきりと表明する。結末において、主人公は英雄視され、その死は作中の舞台であるイーハトーブ中で悼まれる。対する『グスコーブドリの伝記』における主人公は、自己犠牲願望を押し出すかわりに、淡々と必要な仕事をしたいと述べる。主人公の死が悼まれる描写はなく、ただイーハトーブの気候が改善し、皆が飢えず、暖かく過ごせたという結果のみが綴られる。

本書の序章では、『イギリス海岸』と未投函の遺書を用いて、賢治は人の望みにそもそも興味がないか、叶える気がないという、やや極端な指摘を行った。しかしこの第八章で扱った『グスコンブドリの伝記』と『グスコーブドリの伝記』には、大きな転換がみられる。賢治の分身とも言える主人公が、主人公の考える理想に向けて邁進し、他者から評価されるという先駆形から、主人公が自己犠牲願望を押し出すことなく仕事をこなし、その結果のみが綴られるという最終形への改稿が行われているのである。主人公が自身の理想を押しつけることなく、人々の望みに注意を払い、またその実現に向けて動くという筋書きは、初期の賢治の創作にはみられないものである。

賢治は、父親にしろ妹にしろ、まずは家族と向き合うときに智学から枠組みを借りようとしている。父親については、家業批判と殺生の忌避とを重ねた仕方であった。妹トシについては、追善の方法であった。そのようにして智学から借りた枠組みは、「みんな」へと拡張されていく。

管見の限り、智学自身のテキストからは、智学にとっての具体的で身近な誰かが反映されているようには見受けられない。しかし、賢治が物語ろうとしたテキストには、絶えず家族や家族以外にも、とても大事に思ったり、まるで上手くいかなかったりした人々の姿が透けている。

賢治が生涯をかけて希求した「みんなのほんたうのさいはい」の「みんな」とは、カムパネルラの造形などを鑑みるに、わかり合えなさやともにいられないことをどこか予期した上で、それでもなお希求せずにいられない他者を指す。それゆえ賢治の創作は、規範の提示としての性格を持っていた時期ののち、登場人物の在りようをそのまま受容しようという願いを反映したものとなり、さらに、わかり合えずとも、皆がともに幸福になれる未来を祈るものとなる。「不惜身命」の志向と、他者の在りようを受け入れた上で、その幸福を祈ることが両立する『グスコーブドリの伝記』が、その晩年の境地をあらわしている。

賢治の行動に漂う異様さや奇矯さは、おそらくは賢治が正しく人に興味を持つことができない上に、思い込みの強い、激しい気質を持っていたこととともかかわるだろう。それでも賢治は、常に自身の信仰の枠組みに照らして、人々と向き合おうとし続けた。そうして、その生涯を閉じつつある時期に、ようやく、すかさず他界へと飛ぶ視点を、人々が今生きているこの世界にとどめ、「すきとほつたほんたうのたべもの」ではなく、冬を暖かく乗り切ることのできる食べ物があるよう、祈ったのである。

賢治自身の祈りの言葉によって紡がれる作品世界は、祈ることが顕現せしめることそのままであるかのように構築される。そうして生み出された作品世界は、賢治にとっての理想郷の性格を持つ。賢治にとって信仰と同義であった「みんなのほんたうのさいはい」が、日常的には捉えられない次元で初めて実を結ぶことに望みをつなぐ営みこそが、彼にとっての創作であったのである。

現実の困難さと、それを反映するかのような創作は、続いていく。

賢治の最晩年の童話に、賢治が亡くなった翌年に発表された、『セロ弾きのゴーシュ』［一一・二一九〜二三四］がある。ゴーシュは独り身の男であり、チェロが下手で、楽団の中で蔑まれ、辛い思いをしている。そうして、ゴーシュが暮らしている小屋に、入れかわり立ちかわり、さまざまな動物たちが訪ねてくる。動物たちとかかわるうちに、ゴーシュは演奏を上達させるための気づきを得る。結末で、ゴーシュの演奏は見違えるように上達し、周囲を驚かせる。演奏会を成功させた日、ゴーシュがひとり帰宅し、思いを馳せるのは、かつて訪ねてきたかっこうのことである。


「あ、かくこう。あのときはすまなかったなあ。おれは怒ったんぢゃなかったんだ。」

［一一・二三四］

ゴーシュは、ゴーシュに殺されると思い込んで逃げていったかっこうを思い出し、遠くの空に向かって語りかける。

ゴーシュはある晩、かっこうの鳴き方の練習に明け方まで付き合わされる。ゴーシュは疲労に加え、かっこうの鳴き方が自分のチェロより上手いような気がしてきて嫌になったこともあり、かっこうに向かって、羽をむしって食うと脅した。かっこうは怯えきって、何度も窓ガラスに体当たりし、床に落ち、流血しながら、必死で逃げようとする。ゴーシュは咄嗟にガラスを蹴り破って、かっこうを逃がす。その後、かっこうは二度とゴーシュを訪ねてこない。ゴーシュがかっこうを本気で食べようと思ったのでないことは、かっこうには伝わらない。かっこうが「ぼくらならどんな意気地ないやつでものどから血が出るまでは叫ぶんですよ」とゴーシュに伝えたことは、ゴーシュが演奏と向き合う姿勢に、確実に影響を与えているが、少なくとも作中の時間軸において、ゴーシュはかっこうと仲直りすることができない。

『グスコーブドリの伝記』において、ブドリはたくさんの家族がともに過ごせる未来を祈った。しかし、ブドリ自身は独り身のまま、火山の爆発とともに命を落としている。そうして、これよりあとに発表された『セロ弾きのゴーシュ』において、ゴーシュもまた独り身である。ゴーシュは楽団の面々と上手くかかわれておらず、訪ねてくるのも動物ばかりである。そしてその中のかっこうとの関係は、取り返しのつかない事態になっている。

もはや「みんなのほんたうのさいはい」を問わず、家族も出さず、仏教の要素も感じさせず、賢治の童話創作は幕を閉じる。

ゴーシュは一晩中練習に付き合うくらいにはお人好しである。かっこうがガラスに体当たりし続けて大怪我を負ったり、果ては死んでしまうような事態を避けようと、咄嗟に窓ガラスを蹴り破るくらいには、かっこうのことを想っている。しかし、かっこうを死ぬほど怯えさせたのもまた、ゴーシュ自身なのである。

賢治は自身の強烈な〝人との上手くかかわれなさ〟が発露し、向き合おうとした相手と決別に至ってしまうことに、いくらか自覚的になったのかもしれない。

今後の展望

本書は、賢治の思想を、仏教と家族という二つの要素を中心的に扱うことによって、明らかにしようと試みたものである。その際、近年目覚ましい進展を遂げている近代日本仏教研究の成果も反映させてきた。また、トシが主役である第二章、トシをめぐる追善を扱った第三章では、ジェンダーの視点を導入することにも挑戦した。

しかしながら、十分に検討できなかったことも残されている。

本書では賢治の創作の分析は、主に智学のテキストとの比較を通じて行った。しかしその際、同時代の文脈をあまり反映せず、テキストとテキストの比較に終始してしまったきらいがある。つまり、思想史的観点からのさらなる分析が必要である。

また本書では、仏教と家族という二つのキーワードを強調し、科学者としての賢治の視点には、あまり踏み込むことをしなかった。そのほか、賢治に影響を与えたであろう、仏教以外の思想的なテキストも扱わなかった。しかし、賢治の中で、仏教とその他の思想、また科学と信仰とがどのように接合され、創作へと反映されていったかを扱うことで、近代日本思想史において賢治を扱う意義を、より強く打ち出すことも可能である(1)。

現在も、宮沢賢治の受容は盛んである。序章で紹介したように、シンガーソングライター米津玄師が二〇二〇年八月五日に発表したアルバム『STRAY SHEEP』の最後に収録されている曲のタイトルは、「カムパネルラ」である。米津のこのアルバムは、日本国内だけでなく「WORLD MUSIC AWARDS」CDアルバムセールス部門にて全世界で首位を記録するほどの売れ行きをみせた。もはや宮沢賢治や『銀河鉄道の夜』を経由せずとも、「カムパネルラ」の名そのものが、痛切な想いとともにその名を呼ばずにはいられない他者の象徴として広く知られるようになったとすら言える。(2)

米津の熱心なファンたちは、曲をより深く理解しようと、『銀河鉄道の夜』について、ひいては宮沢賢治について知ろうとするだろう。YouTubeで公開されている「カムパネルラ」のミュージックビデオに、なぜ走る列車の映像が挿入されるのか。カムパネルラが『銀河鉄道の夜』の登場人物であり、銀河鉄道の乗客だからである。あるいは歌詞中の「真白な鳥と歌う針葉樹」が、『春と修羅　第一集』において宮沢トシを悼む「白い鳥」や「松の針」などの作品を連想させるものであると気づく人もいるだろう（最初に気づくのは熱心な宮沢賢治ファンだけであるとしても）。

賢治はまたしても拡散されていく。一つの現象としか呼びえない仕方で、賢治と賢治の作品は、未だ求められ続けている。現代に至るまでの、あまりにも広大な賢治の受容史を描いていくことにも、今後は挑戦したいと考えている。

課題は多く残されているが、本書は一旦ここで擱筆することとしたい。

註

（1）近年は仏教と科学の影響関係を扱う研究も盛んである。特に、クリントン・ゴダール著（碧海寿広訳）『ダーウィン、仏教、神——近代日本の進化論と宗教』（人文書院、二〇二〇年）や、碧海寿広『科学化する仏教——

瞑想と心身の近現代』（角川選書、二〇二〇年）など。

（2）　山田正紀『カムパネルラ』（東京創元社、二〇一六年）、長野まゆみ『カムパネルラ版　銀河鉄道の夜』（河出書房新社、二〇一八年）など、カムパネルラをタイトルとし、『銀河鉄道の夜』を翻案する作品も複数登場している。

初出一覧

序　章
書き下ろし。

第一章
"Miyazawa Masajiro's Faith and Kenji's Conversion : On The Spider, the Slug, and the Raccoon and The Great Vegetarian Festival," *ETHICS* 36, 2020.

第二章
「宮沢トシの信仰――「我等と衆生と皆倶に」」（『近代仏教』第二五号、二〇一八年）。

第三章
「宮沢賢治における追善」（『宗教研究』第三九九号、二〇二〇年）。

第四章
「宮沢賢治の菜食主義――同時代との比較から」（『求真』第二二号、二〇一九年）。

第五章
日本宗教学会第七七回学術大会（二〇一八年）における口頭発表「宮沢賢治の菜食主義――田中智学との

比較から」をもとに書き下ろし。

第六章

「関東大震災と『銀河鉄道の夜』」（『求真』第二〇号、二〇一五年）。

第七章

「宮沢賢治における他者受容の志向――『銀河鉄道の夜』を手がかりに」（『哲学・思想論叢』第三四号、二〇一六年）。

第八章

「賢治作品における自己犠牲――グスコンブドリからグスコーブドリへ」（『倫理学』第三一号、二〇一五年）。

補　章

「恋する賢治――受容史の中の宮沢賢治」（『倫理学』第三七号、二〇二一年）。

終　章

書き下ろし。

＊既発表の論文については、いずれも大幅な改稿を施している。

あとがき

七歳のとき、父に宮沢賢治の伝記を渡された。

「この人は今のお父さんと同じ歳で死んでしまったんだよ」

宮沢賢治との出会いである。

渡された伝記は馬場正男著『宮沢賢治』（ポプラ社、一九六九年）だった。その中に、賢治の母・イチが鯉の肝をオブラートに包み、騙すようにして賢治に飲み込ませるというくだりがあった。イチは鯉の生き肝が肺炎に効くと聞いて、当時菜食を行っていた賢治の体調を心配し、無理にでもこれを摂らせようとしたのである。あとでそれが鯉の肝だと知った賢治は、泣きながら、こんなことは二度としてはならないと言ったという。

幼心に鯉の肝のイメージが強烈に焼き付いたまま、今日に至る。

私にとっての賢治の原点は、このオブラートに包まれた鯉の肝である。つまり、そら恐ろしかった。何をそんなに思い詰めているのか。肉や魚を食べることの残酷さという、皆が何となく見ないことにしているものを、どうしてそんなに直視しようとばかりするのか。そうして、そんなにまでして生き物を殺したくないという賢治に、オブラートでくるんで騙してまで鯉の肝を飲ませようとする母・イチの姿も、恐ろしかった。言いようもなく不安を掻き立てられるのが、賢治の生き様であり、家族とのかかわり方だった。

この行き過ぎた生きづらさのようなものが、私が賢治を選んだ理由である。そして、賢治が何か絶対的なものを求めて思惟を重ねた道筋に、「仏教」と「家族」という二つの要素を見出し、語ろうとしたのが、本書である。

鯉の肝を飲み込むことが辛いのは、賢治にとってすべての生き物が過去生や来生で大事な家族であることが、切実なリアリティを持っていたからである。賢治はそれを仏教の教えに基づくものだと信じていた。ただし、そんな賢治を騙して鯉の肝を飲ませたのは、母・イチという家族である。イチが賢治を騙したのは、ただ、賢治に生きてほしかったからに他ならない。賢治は家族を殺して食べるようなことをしてはいけないと泣く。しかし家族も賢治に死なれたくない。つまり、仏教だけでも、家族だけでも、賢治の苦しみはわからない。仏教と家族とをあわせて初めて、賢治の異様さと強烈さを、いくらか読み解けるように思う。

本書は二〇一九年度に筑波大学に提出した博士論文をもとにしたものである。

本書を刊行するまでには、多くの方々にお世話になった。

まず、筑波大学入学以降、長年にわたりご指導いただいた伊藤益先生、桑原直己先生、津城寛文先生に心より御礼申し上げたい。伊藤先生御自身は真宗の篤信でありながら、真宗から国柱会へと走った賢治をテーマにしたいと宣う不遜な弟子を、最後まで見守ってくださった。桑原先生に招かれた演習で、卒論に悩む後輩たちと交流することは、自身の研究を見つめ直す良い契機となった。津城先生の研究室には、研究が進んでいてもいなくても、いつも通わせていただいた。

　伊藤先生、桑原先生、津城先生とともに博士論文の審査を引き受けてくださった大沢正善先生にも厚く感謝申し上げる。賢治研究者からアドバイスをいただけることは、とても光栄であると同時に、身が引き締まるものでもあった。

　近年目覚ましい進展を遂げている近代仏教研究を担う方々と出会えたことも、代え難い喜びである。すべてのお名前を挙げることはできないが、特にお世話になった方々に、ここで御礼申し上げたい。山本伸裕先生は、私を日本近代仏教史研究会の吉田久一基金プロジェクト「仏教思想を中心とした日本近代思想史の再考」へと誘ってくださった。近角常観研究の先駆者である碧海寿広先生が日本近代仏教史研究会や「仏教と近代」研究会へと誘ってくださらなければ、宮沢トシを主題とした章を書くことはできなかっただろう。私の不明瞭で錯綜したレジュメに何度も辛抱強くコメントをくださった名和達宣先生にも、何と御礼申し上げていいかわからない。山本先生、碧海先生、名和先生以外のプロジェクトメンバーからも、博士論文の構想にコメントをいただけたことが、大きな励みとなった。

　プロジェクト外でも多くの近代仏教研究者にお世話になった。ユリア・ブレニナ先生にいただいた示唆は数え切れない。近藤俊太郎先生とお話させていただいたときは、いつも忘れられないフレーズが印象に残る。東北大学のオリオン・クラウタウ先生、クリントン・ゴダール先生には、あたかも東北大学が第二の故郷であるかのごとくお世話になった。故・吉永進一先生には日本宗教学会での発表の際に細やかなコメントをいただいた。近代仏教関係の最後に、私の拙い発表にいつも細やかなコメントをくださり、博士論文に悩む私の背中を押していただいた大谷栄一先生にも、心から御礼申し上げる。

思い返せば人との出会いに恵まれた院生時代であった。貴重な友人を得たことも研究生活の励みとなった。同じゼミの同期と同じタイミングで博士論文の提出を目指せたことは、本当に大きな支えだった。常に新作の原稿を読ませてくれる学外の友人を得たことにも刺激を受けた。河合一樹氏、亀山光明氏に感謝を伝えたい。

筑波大学の関係者にも、謝意をお伝えしたい。特にゼミの大先輩である川井博義先生には、卒業論文、修士論文、博士論文、さらにはその後の非常勤の仕事まで、ずっとお世話になってきた。後輩の辻村知夏氏は、貴重な正月休みに私の博士論文を読み通し、感想を伝えてくれた。

私生活では、大学入学当時から現在に至るまでどんな時も変わらぬ交流を持ち、本書の出版に向けても何度となく励まし続けてくれた先輩である南陽子氏、その夫の淳一氏にも、感謝を伝えたい。

大学外では、資料調査の際、国柱会の森山真治氏に本当にお世話になった。送っていただいた大量の資料は、賢治の行動を紐解くのに絶対に必要なものであった。

本書の刊行にあたり、大谷先生と碧海先生に推薦していただいたおかげで、法藏館の企画会議を通過させていただくことができた。編集者の丸山貴久氏には、何度も何度も相談に乗っていただいた。心身の不調を抱え、日々を泥のように過ごしているうちに、本当に長くお待たせしてしまった。あまりにも不甲斐なく、申し訳ないと同時に、感謝してもしきれない。

博士論文執筆中の二〇一九年、叔母が亡くなった。都内で学会があるたびに泊めてくれていた叔母だった。叔母の墓前に、そして叔母とともに世話をしてくれた叔父に、出版を報告したい。

最後に、不出来な娘を信じてくれた両親に、本書を捧げたい。

二〇二三年六月

牧野　静

な行——

は行・ま行・や行・ら行——

II　書名

索　引

・本文中に現れる主な語句を、「I　人名」「II　書名」にわけて、五十音順で整理した。
・頻出する人名・書名は、煩雑を避け、あえて立項していない。
・各章末註のなかで、たんに文献の出典情報として登場している場合や、引用文のもととなる文に登場している場合は、網羅的には拾っていない。

I　人名

著者略歴

牧野　静（まきの　しずか）

1989年生まれ。筑波大学人文・文化学群人文学類卒業。筑波大学大学院人文社会科学研究科哲学・思想専攻一貫制博士課程修了。博士（文学）。専門は日本思想史。現在、筑波大学非常勤講師、立教大学兼任講師、放送大学非常勤講師。主な研究業績に「宮沢トシの信仰――「我等と衆生と皆倶に」」（『近代仏教』第25号、2018年）、「宮沢賢治における追善」（『宗教研究』第399号、2020年）がある。

宮沢賢治の仏教思想
――信仰・理想・家族――

二〇二三年一二月一五日　初版第一刷発行

著　者　牧野　静

発行者　西村明高

発行所　株式会社　法藏館
京都市下京区正面通烏丸東入
郵便番号　六〇〇-八一五三
電話　〇七五-三四三-〇〇三〇（編集）
〇七五-三四三-五六五六（営業）

装幀　野田和浩

印刷・製本　中村印刷株式会社

ISBN 978-4-8318-5581-7 C1095